AF280605

Das Glück
dieser Erde

Band 1 der Serie

© 2022, Rita de Monte

Das Glück dieser Erde

Band 1 der Serie

© 2022, Rita de Monte

Bibliografische Information der Deutschen Nationalbibliothek: Die Deutsche Nationalbibliothek verzeichnet diese Publikation in der Deutschen Nationalbibliografie; detaillierte bibliografische Daten sind im Internet über dnb.dnb.de abrufbar.

© 2022 Rita de Monte

Herstellung und Verlag: BoD – Books on Demand, Norderstedt"

ISBN: 9-783756887330 Taschenbuch

Inhalt

Die schöne Laura

In dieser wunderschönen Silvesternacht funkelten die Sterne am klaren Himmel, als hätte man sie für diesen Anlass poliert und auf schwarzen Samt gebettet.

Die Glocken im Klosterturm läuteten bereits das neue Jahr 1813 ein. Man lebte in unruhigen Zeiten, denn Napoleon hatte 1812 bereits die erste Niederlage im Russlandfeldzug erlitten und Deutschland war gerade dabei Allianzen gegen Frankreich zu schließen. Trotzdem feierten und tanzten die Menschen ausgelassen in den Straßen des kleinen Dörfchens im Süden Deutschlands, vielleicht weil sie wussten, dass jeder Tag der Letzte ihres Lebens sein konnte.

Oben am Fenster der kargen Klosterzelle stand ein junges Mädchen und starrte unglücklich auf das bunte Treiben, welches sich unterhalb des Hügels abspielte. Sie hatte ganz andere Sorgen in dieser Nacht.

Das Kloster, welches erhaben über dem kleinen Dörfchen Sießen thronte, gehörte zum Orden der Dominikanerinnen. Es hatte eine bewegte Vergangenheit hinter sich, denn bereits im Jahr 1260 hatte Ritter Steinmar von Sießen-Strahlegg den Dominikanerinnen seinen Hof in „Suessen" – so hieß das kleine Örtchen damals – geschenkt. Später – im Jahr 1386 – baute man die Wendelinuskapelle neben dem Gehöft. Leider wurde es dann 1632 von den Schweden niedergebrannt und erst zwischen 1716 bis 1729 von dem Vorarlberger Baumeister „Franz Beer von der Au" im Barockstil wieder aufgebaut. So hatte das Kloster einiges hinter sich und sicher auch noch eine bewegte Zukunft vor sich, denn die einfachen Menschen waren war von den Launen seines jeweiligen Herrschers abhängig.

Die achtzehnjährige Laura war vor Kurzem von zu Hause weggelaufen und hatte in ihrer Not dieses Kloster angesteuert. Wo sollte eine alleinstehende Frau auch Rückhalt und Unterkunft finden, wenn nicht bei den wohlgesonnenen Nonnen, die auch mit der Heilkunst vertraut waren.

Wie wohl ihr Vater Georg von Dorner ihr Verschwinden aufgenommen hatte? Sie war furchtbar traurig, dass sie es nicht übers Herz gebracht hatte, ihrem Vater alles zu erzählen. Aber es schien ihr in ihrer Situation das Beste zu sein, wenn er zunächst nichts davon erfahren würde. Ihr Vater war ein sehr angesehener Mann und sie wollte ihm nicht zumuten, dass er ins Gerede kam. Sie war seine einzige Tochter und Sie wollte keine Schande über ihre Familie bringen. Außerdem schämte sie sich so sehr und deshalb hatte sie sich zu diesem drastischen Schritt entschlossen. Lieber sollte er denken sie sei weggelaufen oder sogar tot. Laura redete sich ein, dass er damit wohl besser abschließen könnte.

Ein fremder Mann hatte ihr Gewalt angetan und nun trug sie dessen Kind unter dem Herzen. Das Kind konnte nichts dafür. Sie liebte dieses kleine ungeborene Wesen, welches in ihr heranwuchs, bereits. Aber die Umstände und die Situation, in welcher es gezeugt worden war, war einfach erniedrigend und traumatisch für sie gewesen und als unverheiratete Frau wäre es schwierig. Sie wäre dem Gespött der Leute hilflos ausgeliefert gewesen und ihr Vater auch. Dies wollte sie ihm auf keinen Fall zumuten.

Laura stammte aus einer sehr angesehenen Familie. Ihr Vater – Georg von Dorner – hatte sein Pferdegestüt, den Dorner Hof, bereits von seinem Vater übernommen. Dieser züchtete damals noch schwere, große Schlachtrösser für den König und seine Ritter. Im Krieg wurde immer Pferdenachschub benötigt und so war dies ein recht einträgliches Geschäft gewesen. Doch dann hatte Georg – auf seinen Reisen in den Orient - seine Liebe zu den Araberpferden entdeckt. Er war überwältigt von diesen wunderschönen und ausdrucksstarken Vollblütern und ihrer Ausdauer. Deshalb war sein Gestüt das erste seiner Art hier im Süden Deutschlands, welches sich auf Araberpferde spezialisiert hatte. Er hatte inzwischen eine eigene Blutlinie aufgebaut. Auch der jetzige König Friedrich August I. benötigte ständig Pferdenachschub. Georg erzielte sehr gute Preise und war inzwischen sehr wohlhabend geworden. Da die Ritter inzwischen leichtere Rüstungen trugen, konnte er den König und seine Einkäufer davon überzeugen, dass seine wendigen Vollblüter wesentliche Vorteile boten, auch in einer Schlacht.

Die Araberpferde waren zwar kleiner, aber unglaublich ausdauernd, zäh, schnell und wendig. Dies brachte in einer Schlacht oft entscheidende Vorteile. Außerdem waren sie vielseitiger im Gebrauch. Sie konnten nicht nur im Krieg sondern auch als Kutschpferde oder als Reitpferde eingesetzt werden. Erst neulich war der deutsche Züchter wieder aus Ägypten zurückgekehrt und hatte einige schöne Tiere mitgebracht.

Georg war selbst erstaunt über die Ausdauer und Kraft dieser kleinen Pferde. Auch unter widrigsten klimatischen Bedingungen waren die Araberpferde die besten der Erde. Das jedenfalls war seine ureigene Meinung. Dieses Mal war es ihm gelungen drei wunderschöne weiße Stuten aus den ältesten und reinsten Stammlinien mitzubringen. Solche Verhandlungen waren jedes Mal ein sehr abenteuerliches Unterfangen und erforderten große Diplomatie und viele Goldstücke. Dies machte die Reise nicht ungefährlicher und er war schon einige Male überfallen worden auf seinen Reisen. Doch er war nie schwer verletzt worden und hatte seither immer eine Schar gut ausgebildeter Söldner dabei, die er vor jeder Reise sorgfältig auswählte.

Eine Legende besagt, dass alle Araberpferde, man nennt sie auch die „Trinker der Lüfte" von den sieben Stuten des Propheten Mohammed abstammen. Dies stimmt so zwar nicht ganz, doch war Mohammed zu seiner Zeit bereits einer der ersten großen Araberpferdezüchter.

Laura war auf diesem Gestüt aufgewachsen. Einem wunderschönen Fleckchen Erde im sonnigen Süddeutschland, in der Nähe von Überlingen am Bodensee. Eine breite Kastanienallee führte an weitläufigen Pferdeweiden vorbei, welche an drei große Stallgebäude angrenzten. Die Stallgebäude waren wie ein U, rund um einen großen Innenhof angebaut. Die Allee ging in einen breit gekiesten Weg über, der bis zum Gutshaus hinaufführte, welches etwas am Hang lag. Vor dort hatte man einen wunderschönen Blick auf den Bodensee, der bei schönem Wetter, glitzernd da lag und das Herz erfreute.

Das Gutshaus wirkte nicht sehr groß und strahlte sofort eine Art heimeliges Willkommen aus. Vielleicht weil es ein Holzhaus war, gebaut aus behauenen Rundstämmen. Es fügte sich vollkommen in seine grüne Umgebung ein. Die einzigen Farbtupfer waren die vielen orangefarbenen Kletterrosen, die von Juni bis November ihre Blütenpracht über die Fassade des Hauses ergossen und die grün gestrichenen Fensterläden. Vor dem Haus stand eine kleine, ebenfalls im gleichen Farbton grün gestrichene Bank, auf der man einen wunderschönen Blick über die gesamte Anlage hatte.

Da sie auf einem Gestüt aufgewachsen war, konnte Laura natürlich auch perfekt reiten. Sie war schon mit drei Jahren auf ein kleines Pony gehoben worden und saß wie angewachsen im

Sattel. Ihr Vater Georg war so stolz auf sie gewesen und hatte ihr dies auch immer wieder gesagt.

Als sie zehn Jahre alt gewesen war starb ihre Mutter durch einen Reitunfall und das Mädchen war der einzige Lichtblick in Georgs Trauerzeit gewesen. Damals hatte er sich nur aufgerappelt, um weiterzuleben, weil er seiner Tochter gegenüber so ein großes Pflichtgefühl hatte und er sie fast schon abgöttisch liebte. Sie war sein Sonnenschein, den er ständig überbehütet hatte und nun war sie einfach weggelaufen und hatte ihn mit seinem Kummer allein gelassen.

Schwere Schuldgefühle plagten sie und sie durfte gar nicht darüber nachdenken, was sie ihm wohl mit ihrem Verschwinden antat. Laura seufzte und dachte an den verhängnisvollen Tag, der Schuld an ihrer jetzigen Misere war.

Es war damals ein wunderschöner, frühsommerlicher Apriltag gewesen. Die Sonne schien schon warm, gelbe Löwenzahnköpfchen sprossen zwischen dem grünen Gras, welches nun schnell wuchs und das sanfte, hügelige Gelände des Gestüts mit gelben Blüten durchzog. Die Pferde durften nun schon stundenweise hinaus auf die Koppeln und es war ein sanftes und friedliches

15

Bild das sich ihr bot. Man spürte mit jedem Atemzug wie sich die Kraft der Natur wieder voll entfaltete, ein ewiger Kreislauf des Lebens.

Auch damals hatte Laura an einem Fenster gestanden, hatte auf das erwachende Leben draußen geblickt und sich unbändig auf den Empfang gefreut, den ihr Vater am Abend geben wollte. Hier in der trostlosen Provinz gab es selten Festivitäten, deshalb freute sich Laura ganz besonders darauf. Natürlich war noch viel vorzubereiten, aber dafür hatten sie genügend zuverlässiges Personal und so blieb ihr nur noch die schwere Frage nach dem passenden Kleid, dem passenden Schmuck und ihrer Frisur. Es lagen schon einige Kombinationen auf dem Bett, aber noch konnte sie sich nicht entscheiden. Zum wiederholten Mal nahm Laura das grüne Seidenkleid und hielt es vor sich hin. Sie entschied sich dafür dieses wunderschöne Kleid zu tragen, denn es passte wundervoll zu ihren grünen Augen. Dazu die passenden schönen Schuhe die ihr Vater ihr aus Mailand mitgebracht hatte und das edle Smaragdcollier ihrer verstorbenen Mutter.

Heute Abend erwartete man einen Abgesandten des spanischen Königs Ferdinand des VII., welcher selbst Besitzer von unzähligen wunderschönen Pferden war. Er hatte vom Zuchterfolg Georgs gehört und wollte einige Tiere für seine Zuchtlinie erwerben. Deshalb musste heute Abend alles perfekt sein, denn generell wurde an einem Königshof viel geredet und nur gute Mundpropaganda brachte neue Kunden mit sich.

Aufgrund des hohen Besuches, der nun bald eintreffen sollte, war Georg selbst sehr aufgeregt und eilte höchstpersönlich durch seine Stallungen, um nach dem Rechten zu sehen. Er kontrollierte ob die Ställe gemistet, die Pferde gestriegelt und deren Fell auf Hochglanz gebracht worden war.

Die Sättel, Schabracken und Zaumzeuge wurden eingefettet und poliert und glänzten in der Sonne und sahen aus wie neu. Genauso wie die jungen Stallburschen, welche in ganz neuen grünen Uniformen steckten.

Als er mit der Inspektion der Stallungen und seines Personals zufrieden war, ging Georg den breiten, gekiesten Weg zum Haus hinauf. Obwohl es ein recht einfaches Blockhaus war, so hatte es doch ein paar bauliche Besonderheiten. Georgs Frau Anna war sehr kreativ gewesen und hatte auf vier runde Erker bestanden. Sie sahen aus, wie kleine Türmchen und je eines blickte nach Osten,

Süden, Westen und Norden. Die Fenster der Türmchen waren mit orientalischen Rundbögen versehen und wurden von schönen Holzverzierungen geschmückt. Die doppelflügelige Eingangstür war mit geschnitzten Reiterszenen verziert und wurde umrahmt von zwei hölzerne Rundsäulen, bepflanzt mit wunderschönen orangefarbenen Kletterrosen, die allerdings jetzt im Frühling noch nicht in ihrer vollen Blüte standen. Nur vereinzelt bildeten sich schon die ersten Knospen. Alles wirkte sehr gepflegt und gemütlich.

„Maria" rief Georg und eilte in die riesige Küche mit dem großen Herd. An der Wand hingen Kupferpfannen und Töpfe, die wie neu glänzten. Das Zimmermädchen Sara hatte beim Polieren helfen müssen. Im großen Regal standen unzählige Tassen, Teller und Krüge. Man sah, dass die ehemalige Hausherrin Rosen geliebt hatte, denn auch auf den Tongefäßen waren überall Rosenmotive aufgemalt.

Als er zurück ins geräumige Esszimmer kam, bewunderte er die hübsche Blumendekoration aus allerlei Wiesenblumen, die mit duftenden Kräutern gemischt waren und trotz ihrer Einfachheit entzückend wirkten und rochen. Maria hatte sich wirklich bemüht eine gemütliche Atmosphäre zu schaffen. Er war froh, dass sie nach dem Tod seiner Frau bei ihm geblieben war.

„Hast Du Sara die besten und hellsten Gästezimmer fertig machen lassen Maria? Dieser Abend ist enorm wichtig für mich und es darf nicht der kleinste Fehler passieren. Don Carlos hat weitreichende Kontakte ins Königshaus und kann somit weitere Kunden vermitteln."

„Keine Angst Herr von Dorner. Lassen Sie mich nur machen. Am besten gehen Sie hinaus und genießen den schönen Frühlingstag. Hier habe ich alles unter Kontrolle," meinte Maria belustigt. Sie hatten nun schon so oft hohe Gäste bewirtet. Doch jedes Mal benahm sich der Hausherr wie ein nervöses Huhn, das sein Nest nicht mehr findet. Dabei hatte bisher immer alles reibungslos funktioniert und es hatte nie Klagen gegeben.

Georg, der inzwischen begriffen hatte, dass er nur störte, setzte sich seinen Hut auf und ging nach draußen. Vor der Tür sog er die frische Frühlingsluft ein und blickte über seinen weitläufigen Besitz. An welch schönem Ort er doch wohnen durfte. Das war ihm schon immer bewusst gewesen.

Unterhalb des Wohnhauses lagen die Stallungen und im großzügigen Innenhof standen einige Pferde, die gerade von den Stallburschen gestriegelt wurden. Von jedem Stallkomplex ging ein doppelflügeliges, großes Tor nach draußen in diesen Hof und es herrschte tagsüber ein reges Treiben. Dort wurden die Tiere geputzt und anschließend ging es an die tägliche Arbeit mit ihnen. Der große Sandplatz wurde meistens von einem oder sogar zwei Stallburschen benutzt, welche die Pferde longierten. Sie mussten täglich bewegt werden. Außerdem war es viel Arbeit ein Pferd Halfter führig zu machen und als Reit- oder Kutschpferd auszubilden. Er verkaufte selten rohe, unausgebildete Pferde, denn ein gut ausgebildetes Pferd brachte sehr viel mehr Geld.

Anton und Vinzenz, zwei seiner ältesten Mitarbeiter, waren gerade dabei die Stuten mit den noch kleinen Fohlen auf die Mutter-Kind-Weide zu bringen. Dazu legte Anton der Leitstute und ihrem Hengstfohlen das Halfter an, nahm die Stute am Führstrick und ging voraus in Richtung Weide. Ihr kleines Fohlen folgte ihr.

Vinzenz und der große deutsche Schäferhund bildeten die Nachhut und sorgten dafür, dass die anderen Stuten artig folgten. Es war jedes Mal ein großes Spektakel, wenn über zwanzig Pferde nach draußen getrieben wurden.

Die Fohlen hüpften und sprangen vor Übermut und auch den Müttern war die Freude anzusehen nach einem langen, kalten Winter endlich wieder auf die Weide zu dürfen – auch wenn es zunächst nur ein paar Stunden waren, um Koliken vorzubeugen, denn das frisch wachsende Gras war sehr eiweißhaltig und die Umstellung von Heu auf frisches Gras gelang nicht immer ohne Komplikationen. Da solch eine Kolik auch tödlich enden konnte wollte man dem natürlich vorbeugen, indem man die Pferde langsam wieder an das frische, saftige Gras gewöhnte.

Georg wollte zum Stall der Ein- bis Dreijährigen, um nochmals zu überprüfen, ob alle wirklich auf Hochglanz gebracht worden waren, denn schließlich war es hauptsächlich diese Altersgruppe der Vollblüter, die durch ihren Verkauf damit halfen, das Gestüt zu unterhalten.

Obwohl er sich in dieser Hinsicht keine sentimentalen Gefühle erlauben durfte, tat es immer doch auch ein bisschen weh, wenn eines seiner „Pferdekinder" das Gestüt verließ. Nach dem frühen Tod seiner Frau Anna, hatte er sich sehr intensiv der Pferdezucht gewidmet und sie war wahrlich ein fast vollkommener Ersatz für ihn geworden. Er konnte sich nicht vorstellen noch einmal zu heiraten, denn er hatte seine Frau abgöttisch geliebt. Nur die Liebe zu seinen Pferden war damit vergleichbar. Manchmal schlief er sogar in einer Pferdebox bei einer niederkommenden Stute, um ihrem Fohlen auf die Welt zu helfen. Die Liebe zu den edlen Tieren teilte seine Tochter Laura mit ihm und er war froh, dass er seine Tochter hatte. Er liebte sie sehr und wollte seinen Besitz für sie erhalten. Dies war sein größter Wunsch und trieb ihn tagtäglich an.

Inzwischen war Georg bei den Junghengsten angekommen. Wie immer war er überwältigt von der Schönheit dieser speziellen Pferderasse. Sie schienen vor Kraft und Vitalität zu strotzen. Er ging auf die Box seines Lieblingsnachwuchses zu. Ein vielversprechender dreijähriger Schimmelhengst namens Estawan Ibn Al Rashid. Was würde dieser Hengst einmal für Nachkommen zeugen. Er war einfach perfekt und wunderschön. Für kein Geld der Welt würde er diesen Hengst verkaufen, denn so ein Ausnahmepferd kam nur alle paar Jahre auf die Welt.

Zufrieden betrachtete er Karim bei seiner Arbeit. Er hatte Karim vor ein paar Jahren aus Ägypten mitgebracht. Der junge Mann hatte eine besonders einfühlsame Art mit Pferden umzugehen. Er war niemals gewalttätig, sondern behandelte die Tiere immer vorsichtig und mit Geduld, aber nie unterwürfig. Er strahlte den Tieren gegenüber eine natürliche Dominanz aus und sie respektierten ihn. Dies war Georg sehr wichtig, um sie an den Sattel und ihren zukünftigen Reiter zu gewöhnen. Georg hielt nichts davon die Tiere zu „brechen" so wie viele andere Züchter es taten. Allerdings stand er mit dieser Meinung allein da. Karim war gerade dabei Estawan sein Halfter anzulegen und klickte danach den Führstrick in den dafür vorgesehenen Ring ein. Er führte den Schimmelhengst hinaus auf den Sandplatz, um ihn an der Longe zu arbeiten. Als der junge Mann mit der Zunge schnalzte, fiel der Araberhengst sofort in die nächste Gangart, einen weichen Trab. Georg war begeistert. Es war einfach faszinierend, wie diese Pferde ihre edle Abstammung zur Schau trugen. Der Schimmelhengst fiel nun in einen langsamen Galopp. Den Schweif stolz erhoben wie eine wehende Fahne, den Hals zur Brust gebeugt, den kleinen wunderschönen Kopf mit den glänzend schwarzen großen, lang bewimperten Augen hochmütig umherblickend, galoppierte der Junghengst fast, ohne dass man merkte, dass seine Hufe den Boden berührten. Als ob er schweben würde. Ein zierliches Muskelpaket mit faszinierender Grazie. Er würde bald überlegen müssen, mit welchen Stuten er diesen wundervollen Hengst verpaaren sollte, um ein entsprechendes Zuchtergebnis zu erhalten.

Georg schlenderte weiter zu den Althengste und -stuten. Die meisten erhielten hier ihr Gnadenbrot und bald würden auch sie den Frühling, Sommer und Herbst auf der Weide verbringen, um die letzten Jahre ihres Lebens zu genießen. Das hatten sie sich verdient, denn sie hatten ihren Beitrag zum Erhalt des Gestüts geleistet, indem sie vielen großartigen Nachkommen zur Welt gebracht hatten.

Er wünschte, seine Frau wäre bei ihm und könnte diesen Tag an seiner Seite verbringen. Er hatte lediglich einmal einem Pferd das Leben genommen, nämlich dem Pferd seiner Frau, das den tödlichen Sturz verursacht hatte. Er wollte es nicht mehr in seinem Stall haben, denn es hätte ihn nur ständig an das Unglück erinnert.

Er war heute furchtbar sentimental, schalt er sich in Gedanken selbst. Die Stimme seiner Tochter

Laura schreckte ihn auf. „Papa, wo bist Du denn die ganze Zeit? Meinst Du das grüne Kleid ist das Richtige für heute Abend? Irgendwie kann ich mich nicht entscheiden."

Georg lachte. „Hallo mein Schatz, das überlasse ich allein Dir. Du siehst in allen Kleidern wunderschön aus." Er nahm ihre beiden Hände in seine und schaute sie an. „Du siehst Deiner Mutter so ähnlich. Sie wäre sehr stolz Dich so zu sehen."

Laura hatte ein feines Gesichtchen mit wunderschönen, smaragdgrünen Augen und vollen, fast schon herzförmigen Lippen. Ihre rotblonden Haare hatte sie hochgesteckt und man konnte ihre kleinen, süßen Ohren erkennen, an denen bereits die Smaragdohrringe ihrer verstorbenen Mutter baumelten.

Georg redete weiter. „Ich verspreche mir sehr viel von diesem Besuch. Schließlich haben wir in den letzten Jahren wundervolle Tiere herangezogen. Da ist sicher auch für den spanischen König etwas dabei." Laura hakte sich bei ihrem Vater unter und gemeinsam gingen sie ins Haus.

Maria, das alte Mädchen, wuselte derweilen immer noch durchs Haus und herrschte mit einem unnachgiebigen Kommando das das Zimmermädchen Sara an. Nichts schien ihr gut genug zu sein. Georg war froh, dass sie all die Jahre, die Laura ohne ihre Mutter hatte aufwachsen müssen, bei ihm geblieben war. Was hätte er nur ohne seine Köchin Maria angefangen.

Georg kam sich mit seinen zweiundfünfzig Jahren sowieso zu alt vor, um nochmals auf Freiersfüßen zu wandeln. Dies würde er Laura überlassen und sich auf seine Enkelkinder freuen. Schließlich war das Mädchen schon achtzehn Jahre alt und es wurde so langsam Zeit für sie einen passenden Mann zu finden. Er hatte da auch schon Jemanden ins Auge gefasst. Ludwig war ein hübscher Bursche von einem der benachbarten Höfe. Sein Vater und er kamen gut miteinander zurecht, man half sich aus und die Familie war ebenfalls etwas wohlhabend. Außerdem verstand Ludwig auch etwas von Pferden und könnte somit mit Laura zusammen sein Lebenswerk – dem er so viele Jahre gewidmet hatte - fortführen. Er würde diesen jungen Mann demnächst einmal zum Abendessen einladen und ihm Laura vorstellen in der Hoffnung, dass sich zarte Bande entwickeln würden. Er seufzte wehmütig. Wie schnell die Zeit doch verging. Um sich die Zeit zu vertreiben, setzte er sich ins Kaminzimmer, sein ureigenes Refugium und vertiefte sich in die Süddeutsche Zeitung. Diesen Luxus gönnte er sich so oft es ging. Vinzenz musste sowieso immer ins nahegelegene Überlingen reiten und frische Lebensmittel einkaufen, also schickte er ihn immer die neueste Wochenzeitung mitzubringen, um über die Vorkommnisse im Land Bescheid zu wissen. Das konnte nie schaden.

Allmählich beruhigte sich das hektische Treiben und langsam kehrte Ruhe auf dem Hof ein. Man wartete nun gespannt auf die Ankunft der Gäste. Alles war vorbereitet.

Es war bereits später Nachmittag, als eine sechsspännige, geschlossene Kutsche, geziert mit einem Wappen, die Breite von gerade wunderschön blühenden Kastanienbäumen gesäumte Allee, heraufgefahren kam und vor dem Haus hielt. Georg, der wartend auf der Bank vor dem Haus gesessen hatte, eilte seine Gästen sofort entgegen, um sie zu begrüßen.

„Herzlich Willkommen auf Gestüt Dorner Hof, meine Herren, meine Dame." Georg verbeugte sich und zog seinen Hut. Er reichte der älteren Dame die Hand und half ihr galant beim Aussteigen.

Der Abgesandte des Königs stellte sich als dessen jüngerer Bruder Don Carlos de Fernandez vor. Er lebte ebenfalls am königlichen Hof in Madrid und fungierte als Einkäufer des Königs oder wurde mit anderen wichtigen Geschäften beauftragt. König Ferdinand VII. war erst 1813 wieder zum König gekrönt worden, nachdem er einige Jahre als Napoleons Gefangener, zusammen mit seinem Bruder Don Carlos, im Exil im Talleyranschen Schloß Valencay in Frankreich gelebt hatte. Als Zweitgeborener hatte Don Carlos allerdings seinem Bruder und Herrscher zu dienen und war, unter anderem, für den reibungslosen Ablauf im Zuchtbetrieb des Königs zuständig sowie für den Einkauf von Zuchtmaterial. Bei der Pferdezucht war es wichtig, immer wieder neue Blutlinien einzukreuzen, um leistungsstarke und gesunde Pferde zu erhalten.

„Es ist mir ein Vergnügen endlich ihre Bekanntschaft zu machen Herr von Dorner. Man erzählt sich viel über Sie in Züchterkreisen und am Hofe. Ihren Pferden eilt inzwischen ein gewisser Ruf voraus. Darf ich Ihnen meine werte Frau Donna Isabella und meinen Sohn Don Pedro vorstellen?"

Georg verbeugte sich abermals vor Donna Isabella, einer etwas herb wirkenden, schlanken, älteren Dame, die ihre besten Jahre schon hinter sich hatte. Allerdings war sie exquisit und nach der neuesten Mode gekleidet. „Sehr erfreut Donna Isabella, ich hoffe es gefällt Ihnen in unserem Haus. Wir leben hier sehr bescheiden."

Er reichte Don Pedro die Hand und wandte sich wieder Don Carlos zu. „Sie übertreiben Don Carlos. Man tut nur sein Bestes und da ich diese Pferderasse sehr verehre, kommt es von ganzem Herzen, was ich tue. Diese edlen Pferde machen es einem nämlich sehr leicht sie zu lieben. Aber nun gehen wir besser ins Haus. Meine Tochter Laura möchte Sie ebenfalls gerne kennenlernen.

Im Haus wartete Laura bereits gespannt auf die fremdländischen Gäste. Als die kleine Gruppe nacheinander durch die Tür trat, knickste sie artig. „Herzlich Willkommen bei uns. Wir werden versuchen ihren Aufenthalt hier so angenehm wie möglich zu gestalten. Kommen Sie doch bitte herein. Ich bin Laura, die Tochter des Hauses von Dorner." Sie schüttelte die Hände der Gäste. Die sich ihr ebenfalls vorstellten.

Laura nahm die Umhänge der Gäste entgegen und gab sie an Maria weiter, die leise dazu getreten war. Zu der Dame gewandt sagte Laura: „Wenn Sie bitte mit mir kommen möchten Donna Isabella, dann zeige ich Ihnen ihre Räumlichkeiten. Dort können sie sich erfrischen und etwas ausruhen von der langen Reise."

Donna Isabella de Fernandez hob ihren weiten Rock etwas an und schritt hinter Laura die geschwungene Treppe hinauf. Als sie ihr Zimmer sah brach sie in Entzücken aus. „Oh welch himmlisches Interieur. Das hätte ich gar nicht erwartet als ich dieses einfache Holzhaus sah. Diese hübschen Vorhänge und das schöne Himmelbett mit den verzierten Stangen. Einfach traumhaft. So einfach gestaltet und doch so entzückend. Am spanischen Hof ist alles sehr formell und luxuriös, deshalb genieße ich solche Reisen immer ganz besonders, weil man der noblen Etikette etwas entkommen kann."

Laura freute sich sehr, dass Donna Isabella zufrieden war. „Dann wünsche ich einen wunderschönen Aufenthalt. Wenn Sie etwas wünschen, dann scheuen Sie bitte nicht nach Maria oder mir zu rufen. Dann lasse ich Sie jetzt erst einmal allein. Sie wollen sich sicher etwas auszuruhen. Um acht Uhr gibt es dann Abendessen im Speisezimmer. Maria wird sie abholen." Das Mädchen zog die Tür hinter sich zu und war froh, der Gastgeberrolle erst einmal entschlüpft zu sein.

Als sie jedoch die Treppe herunterkam rief ihr Vater bereits nach ihr: „Laura, leiste uns doch ein bisschen Gesellschaft. Die Herren haben nach Dir gefragt."

Folgsam gesellte sich das Mädchen zu den Herren ins Kaminzimmer. Diese saßen in den schweren Ledersesseln und nippten an ihren Cognacgläsern.

Die beiden Edelmänner machte eine angedeutete Verbeugung als Laura eintrat. „Schön, dass sie sich zu uns gesellen," säuselte Don Carlos. „Mein

Sohn Don Pedro ist auch ganz verrückt danach ihre Pferde zu sehen."

Pedro nickte leicht und musterte sie mit einem intensiven, fast schon unverschämten Blick als sei sie eine seiner Zuchtstuten.

Sie fand Don Pedro sehr attraktiv, wie er so in seinem Sessel vor ihr saß. Mit seinen kinnlangen, schwarzen Haaren und den glutvollen braunen Augen, die von dichten, dunklen Wimpern gesäumt waren und sie intensiv musterten. Sein Mund war allerdings etwas gerade geraten und die Lippen wirkten alles andere als sinnlich, eher etwas hart. Vermutlich war er nicht sehr viel älter als sie selbst. Aber irgendwie hatte dieser Mann etwas aalglattes und Undurchschaubares an sich. Obwohl sie zugeben musste, dass sie bisher noch keinerlei Erfahrung mit den Herren der Schöpfung gesammelt hatte und deshalb sicher keine Expertin war. Sie war deshalb sehr erleichtert, als ihr Vater vorschlug nun hinunter zu den Stallungen zu gehen, um sich einen ersten Eindruck zu verschaffen.

„Für was interessieren Sie sich den besonders Don Carlos?" fragte Georg auf dem Weg.

„Ach, ich dachte an ein paar tragende Stuten von einem ihrer Spitzenhengste. Wir hatten letztes

Jahr ziemliches Pech mit den Fohlen. Viele Stuten verwarfen oder die Fohlen wurden tot geboren. Es grassierte eine Seuche unter den Tieren. Vielleicht wurde sie auch eingeschleppt von einem anderen Gestüt. Wir wissen es nicht genau. Ein herber Rückschlag für den König. Da wir in unruhigen Zeiten leben, braucht er dringend Nachschub für die Kavallerie und seine berittenen Leibwächter.

Ich habe gehört, ihre Pferde sollen besonders schnell und leistungsstark sein. Sie haben sicher davon gehört, dass Napoleon uns fast fünf Jahre im Exil hielt. Mein Bruder wurde vor kurzem zwar wieder als Regent eingesetzt, doch da er ein sehr absolutistischer König ist und die Inquisition eingeführt hat, befürchtet er natürlich ständig Aufruhr und Krieg, denn nicht Jedermann ist mit seinem Führungsstil einverstanden. Vor allem die einfachen Leute sind immer etwas aufrührerisch und da muss er ständig durchgreifen."

Georg lief ein kalter Schauer den Rücken hinunter. Er hatte schon von der Inquisition und deren grausamen Taten gehört. Doch hinsichtlich seiner Pferde genoss er das erhaltene Kompliment sichtlich. „Ja, das stimmt. Diese Vollblüter haben ja von Haus aus schon sehr vielversprechende Veranlagungen. Aber wir züchten hier nur mit den besten Tieren, um diese Leistungen noch zu verbessern. Wussten Sie, dass man Araberpferde so abrichten kann, dass sie einen im Krieg verwundeten oder gefallenen Soldaten nach Hause bringen? Das ist schon eine beachtliche Leistung."

Sie hatten inzwischen die Stallungen der Junghengste erreicht und gingen nun von Box zu Box. Pedro de Fernandez blieb vor der Box des Hengstes Estawan stehen und hielt den Atem an. „Was für ein wundervolles Tier Vater. Schau nur, den muss ich unbedingt haben."

Bevor Don Carlos etwas erwidern konnte, sagte Georg: „Es tut mir leid meine Herren, aber dieses Tier steht nicht zum Verkauf. Es gehört meiner Tochter Laura und ist der Stammvater unseres zukünftigen Nachwuchses. Wir haben noch andere wundervolle Hengste zur Auswahl und natürlich viele wunderschöne, bereits tragende Stuten von Estawan. Insofern könnten sie mit seinen Blutsnachkommen weiterzüchten."

Don Pedros Augen wurden hart, aber er schwieg. Don Carlos, dem die unwirsche Stimmung seines Sohnes nicht entgangen war, legte Pedro beschwichtigend die Hand auf die Schulter. „Entschuldigen Sie Herr von Dorner. Es gibt hier noch jede Menge andere wunderschöne Pferde. Bestimmt finden wir das Passende."

Sie gingen weiter zu den Jungstutenstallungen und zu den Mutter-Kind-Weiden, auf der die Pferde zufrieden an den Grashalmen knabberten. Es war ein wundervolles und friedliches Bild, welches sich ihnen bot und Laura beruhigte sich innerlich wieder etwas, denn auch sie hatte das innerliche Aufbrausen Don Pedros bemerkt. Sie fand ihn inzwischen hochtrabend und arrogant.

„Kennen Sie die Legende von der Stute mit dem Blutmal?" fragte Georg.

Beide Edelmänner schüttelten die Köpfe und baten Georg zu erzählen.

„In den Zelten der Beduinen erzählt man sich die folgende Geschichte einer ganz besonderen Stute. Vor langer, langer Zeit lebte einmal in der arabischen Wüste ein Scheich der Shammar, der eine ganz besondere Araberstute besaß, mit der er in den Kampf zu reiten pflegte und der er sein Leben anvertraute. Ihr Verhältnis zueinander war ein Besonderes, geprägt von Vertrauen, Liebe und gegenseitigem Respekt. Jeder von Beiden hätte für den anderen sein Leben gegeben, ja, das Band zwischen ihnen war so stark, dass die Stute oft die Gedanken ihres Herrn zu lesen schien, indem sie genau zur richtigen Zeit das Nötige tat, wodurch er viele Kämpfe bestand, und den Neid und die Bewunderung der anderen Beduinenstämme gewann.

Die Jahre vergingen und eines Tages, in einer blutigen Schlacht wurde der Scheich schwer verwundet. Er verlor das Bewusstsein und hing über dem Hals und Nacken seiner geliebten Stute. Obwohl der Scheich ohne Besinnung war und sie sich viele Stunden entfernt von den heimatlichen Zelten befanden, brachte die Stute ihren Herrn nach Hause, indem sie ihn vorsichtig auf ihren Schultern balancierte. Sie verbrachte Tage ohne Futter und Wasser um den Scheich zu seinem Stamm zu bringen. Doch als die mutige Stute endlich erschöpft und entkräftet das Lager erreichte, war ihr Herr gestorben.

Die Angehörigen des Scheichs hoben seinen Leichnam vorsichtig von der Stute und sahen, dass das Blut des Scheichs auf der Schulter des Pferdes ein tiefrotes Mal hinterlassen hatte. Obwohl sie ihren Führer verloren hatte, war die Sippe der Beduinen der Stute aus tiefsten Herzen dankbar, denn sie hatte den Leib ihres Anführers heimgebracht. Sie wussten, wie beschwerlich der lange Weg für das tapfere Pferd gewesen war, und sorgten sich um die Stute, besonders, da sie wussten, dass sie trächtig war.

Als die Zeit des Fohlens herangekommen war, nahmen alle Beduinen großen Anteil an dem berühmten Schlachtross. Und schließlich wurde das Fohlen geboren und es war gesund, kräftig und von ungewöhnlicher Schönheit. Aber auf seiner Schulter sah man das gleiche Blutmal, das die Mutter vom Blut ihres Herrn getragen hatte. Da erkannte der ganze Stamm, dass Allah, ihr Gott der Barmherzige, diese Stute und ihre Familie für ihre Standhaftigkeit, ihre Treue und Tapferkeit belohnt hatte und das Blutmal auf der Schulter ein Zeichen seiner Gunst war.

Seit dieser Zeit sind viele hundert Jahre vergangen, aber hin und wieder gibt es unter den besten arabischen Pferden eine Stute von außerordentlicher Schönheit und hervorragendem Mut, die ein ganz besonderes Fohlen zur Welt bringt, das von Allah, dem Allmächtigen Gott, mit einem Blutmal auf der Schulter gezeichnet ist. Und die Beduinen glauben bis heute, dass es ein besonderes Zeichen der Gunst Gottes ist."

„Welch eine wundervolle Geschichte Georg, ich darf Sie doch so nennen", sagte Don Carlos.

„Selbstverständlich," erwiderte Georg lächelnd. Auch er liebte die arabischen Legenden, auch wenn sie vielleicht nicht stimmten, denn die blumigen Worte, die man im Morgenland gerne verwendete, waren vielleicht nicht immer detailgetreu übersetzt worden.

„So meine Herren, dann würde ich vorschlagen, dass wir noch einen kleinen Schnaps zu uns nehmen, um den Magen auf das hoffentlich exzellente Menü meiner Köchin Maria vorzubereiten. Sie hat sich sicherlich große Mühe gegeben und ihre Kochkünste sind wahrlich legendär. Morgen können Sie den Pferden bei der Arbeit zuschauen. Sie haben doch gewiss etwas Zeit mitgebracht, denn solch ein Kauf muss ja wohl überlegt sein."

Während die Herren sich weiterhin ihre Geschichten erzählten und am Esstisch ihren Mirabellenschnaps zu sich nahmen, ging Laura nach oben. Sie wollte sich vor dem Essen noch frisch machen. Maria hatte ihr bereits ein heißes Bad gerichtet, in das sie sich sinken ließ.

Sie spürte dem warmen Wasser nach und die wohlige Wärme beruhigte ihre angespannten Nerven. Als ihre Haut anfing sich zu runzeln seufzte sie und stieg aus der Wanne. Sie trocknete sich sorgfältig ab, schlüpfte in frische Wäsche und zog sich vorsichtig das grüne Seidenkleid über den Kopf. Das Kleid war eng auf Taille gearbeitet und an beiden Seiten geschürt. Dadurch zeigte sich ein beeindruckendes Dekolleté. Aber Laura konnte es sich leisten. Sie war gertenschlank und hellhäutig. Ihre rotblonden Haare würde ihr das Zimmermädchen noch kunstvoll hochstecken. Ihre großen, grünen Augen waren klar und rein wie echte Smaragde. Deshalb passte auch Mutters Smaragdcollier und ihre langen Ohrringe so gut dazu. Nur die vorwitzigen Sommersprossen auf der kleinen Stupsnase störten sie manchmal etwas. Ja, sie sah wirklich hübsch aus. So konnte sie sich sehen lassen und ihr Vater würde stolz auf sie sein.

Auf dem Weg ins Speisezimmer traf sie Maria, die Donna Isabella ins Speisezimmer führte. Gemeinsam betraten sie den Raum und ein Raunen entfuhr den Herren, als sie die schönen Damen sahen, denn auch die Spanierin hatte sich kunstvoll hergerichtet.

Georg von Dorner saß bereits am Kopfende des langen massiven Eichentisches. Jetzt erhob er sich und geleitete Donna Isabella an ihren Platz, wobei er Isabella ihrem Mann gegenüber platzierte und seine Tochter Laura gegenüber von Don Pedro sitzen musste. Das hatte ihr gerade noch gefehlt, dass sie sich mit diesem Lackaffen beschäftigen musste. Aber das gehörte leider zum Geschäft.

Während ihr Vater von ihrem inneren Kampf nichts bemerkte und lebhaft mit seinen Gästen plauderte, musste Laura sich zwingen freundlich zu wirken und an der Konversation teilzunehmen. Das Hauptthema war die Pferdezucht und Georgs viele Reisen ins Morgenland und die damit verbundenen Gefahren, die Georg wegen der Vollblüter auf sich genommen hatte. Überall wo es im Orient Araberpferde gab, war er schon gewesen, um die Edelsten der Tiere zu kaufen. Aber es hatte sich wirklich gelohnt und nun war er der erfolgreichste Züchter im Land, mit guten Beziehungen zu seinem König Wilhelm dem I. der ihm seine Reisen und die Einkäufe teilweise finanziert hatte, natürlich nicht ohne Hintergedanken und Gegenleistungen. Denn Wilhelm wusste natürlich, dass er sich jederzeit die schönsten Pferde von Georg nehmen konnte. Das war der Deal.

Pedro versuchte inzwischen ungeniert Laura zu einem intensiven Blickkontakt zu nötigen. Da sie ihm direkt gegenüber saß war es fast unmöglich sich diesem zu entziehen. Was dachte sich denn dieser ungezogene Jüngling? Sie war nicht zu haben für ihn, auch wenn er am königlichen Hof lebte und vermutlich sehr reich war. Ganz bestimmt hatte er noch nie in seinem Leben selbst eine Mistgabel in der Hand gehalten.

„Sie sehen wunderschön aus Laura. Die Edelsteine und das Kleid betonen die Farbe ihrer wunderschönen Augen" sagte Pedro. Laura war bemüht ihre Verlegenheit nicht zu zeigen, denn sie war nicht sehr geübt im Umgang mit fremden, jungen Männern. Sie lebten hier ziemlich zurückgezogen und hatten fast nur dann Besuch, wenn Kunden ihres Vaters die Pferde ansehen wollten. Trotz ihrer voraus gegangenen Reserviertheit begann sie mit dem jungen Spanier im Laufe des Abends eine lebhafte Unterhaltung zu führen. Das war vermutlich dem Wein geschuldet, den sie getrunken hatte. Sie vertrug leider gar nicht viel, wie sie einmal wieder bemerken musste.

Auch wenn von diesem Mann etwas Kühles ausging, so hatte er doch sehr viel Charme und ein sehr elegantes Benehmen, das ihr imponierte. Dies trugen hier auf dem Lande kaum Männer zur Schau. Hier gab es viele Bauern, die nicht gerade die besten Manieren in die Wiege gelegt bekommen hatten und eben eher aus einfachen, bescheidenen Verhältnissen kamen. Sie hatten nie gelernt, wie man vornehm wirkte, indem man den kleinen Finger abspreizte, wenn man zur Gabel griff. Wobei die junge Frau das lächerlich fand.

Irgendwann kam Pedro auf ihren Hengst Estawan zu sprechen. „Stimmt es verehrteste Laura, dass dieser wunderschöne Hengst Ihnen gehört?"

Laura hob den Kopf und schaute Pedro in die Augen. „Ja, das ist richtig. Dieser Hengst ist wohl das schönste Pferd hier und es ist für uns sehr kostbar. Wir haben große Ansprüche an die von uns gezüchteten Pferde und deshalb verwenden wir nur die besten Tiere mit den allerbesten Erbanlagen. Als Top Vererber wird er wohl seinen Teil dazu beitragen, dass wir weiterhin erfolgreich sein werden. Da ich die zukünftige Erbin des Gestüts bin, hat mein Vater mir Estawan bereits in vertrauensvolle Hände übergeben. Es gibt aber bereits trächtige Stuten, die von ihm tragen, wie mein Vater bereits gesagt hat."

Pedro schmeichelte weiter. „Werden Sie mir den Hengst morgen wenigstens noch einmal zeigen? Ich kann mich kaum an ihm satt sehen. Schade, dass sie ihn nicht verkaufen wollen. Wir würden jeden Preis für diesen Hengst bezahlen."

Laura lächelte höflich. „Tut mir leid Don Pedro, aber es bleibt dabei. Estawan ist unverkäuflich. Aber wenn Sie darauf bestehen, werde ich Ihnen den Hengst morgen an der Longe zeigen. Im nächsten Jahr können Sie bereits einjährige Fohlen von ihm erwerben, oder sie entscheiden sich eben tatsächlich für eine bereits tragende Stute. Sie müssen nur noch ein bisschen Geduld haben." Sie bemerkte nicht, dass sein feingeschnittenes Gesicht mit den dunkelbraunen, feurig blitzenden Augen, einen brutalen und enttäuschten Ausdruck annahmen.

Nach dem Abendessen verabschiedete sich Laura bald und ging zu Bett. Fast unmittelbar glitt sie in einen tiefen Schlaf und träumte, wie sie mit ihrem weißen Hengst durch die heiße Wüste jagte.

Als Laura am nächsten Morgen erwachte, war die Sonne bereits aufgegangen und es herrschte reges Treiben in den Stallungen. Sie hörte das vertraute Hufgeklapper und beeilte sich aufzustehen. Schnell zog sie ihren rotbraunen Reitdress an und eilte die Treppe hinunter.

Unten am Tisch saß nur noch Donna Isabella beim Frühstück und teilte ihr mit, dass die Herren bereits zu den Stallungen hinuntergegangen seien. Laura schlang ihr Frühstück schnell hinunter und eilte zur Junghengststallung, um ihren Hengst zu putzen und für das Longieren fertig zu machen. Mit kräftigen Strichen striegelte sie sein makelloses weißes Fell, legt ihm das Halfter an, nahm die Longe und führte in hinaus auf den Sandplatz. Sie ließ ihn einige Runden im Schritt gehen, um ihn aufzuwärmen und als sie sah, dass die Herren auf sie zukamen, ließ sie Estawan in einen langsamen Galopp fallen. Er trug seinen edlen Kopf hoch erhoben und stellte seinen Schweif fast waagrecht nach hinten, wie eine wehende Fahne.

„So ein wundervolles Pferd. Sehen Sie sich nur dieses Muskelspiel und die geschmeidigen Bewegungen an. Georg, ich biete Ihnen das fünffache seines Wertes in Gold an" stieß Don Pedro hervor. Er wollte noch nicht aufgeben.

„Tut mir sehr leid Don Pedro. Ich habe ihnen und ihrem Vater ja gestern schon gesagt, dass das Pferd unverkäuflich ist. Absolut unverkäuflich." Georg drehte sich zu Pedros Vater um. „Don Carlos kommen Sie bitte? Dort hinten ist die Weide mit den tragenden Jungstuten. Ich zeige Ihnen welche von Estawan tragend sind. Vielleicht kommen einige von ihnen in Frage."

Laura war zornig. Sie kochte innerlich förmlich. Dieser Pedro. Er dachte wohl, dass man für funkelndes Gold alles kaufen konnte. In seinen Kreisen war das vielleicht so. Aber ihr Hengst war nicht verkäuflich und würde es niemals sein. Ihn würde er niemals bekommen. Sie führte den Hengst – der kein bisschen Müdigkeit zeigte – wieder in seine Box und nahm ihm das Halfter ab. Sanft stupste der Schimmelhengst sie mit seiner weichen Nase an, als ob er sagen wollte, war das heute schon alles? „Heute habe ich leider nicht viel Zeit für Dich. Aber das werden wir nachholen," flüsterte ihm Laura in die gespitzten Ohren. Da Laura den Männern für eine Weile entfliehen wollte, beschloss sie zu ihrer Lieblingsstute Taranee zu gehen. Sie legte ihr eine Trense an und sattelte sie, dann ritt sie gemächlich im Schritttempo den Hügel hinauf, am Gutshaus vorbei in Richtung Wald. Sie sog den Duft nach Fichtennadeln und frisch keimenden Blättern ein, lauschte dem Vogelgezwitscher und nach einer halben Stunde kam sie auf ihre spezielle Lichtung. Es war einer ihrer Lieblingsplätze. Hierher zog sie sich oft zurück, um nachzudenken oder einfach ein bisschen abzuschalten.

Neben dem Weg lagen ein paar umgestürzte Baumstämme. Sie stieg ab, band Taranee an einen Ast und setzte sich auf einen der Baumstämme. Das Leben ist doch so schön. Und es wäre noch schöner, wenn es keine solch selbstgefälligen, oberflächlichen Menschen geben würde, wie diesen Pedro die dachten, sie könnten alles kaufen. Aber sie musste höflich bleiben und ihre Gefühle für sich behalten, denn schließlich waren es gute Kunden mit weitreichenden Kontakten. Also immer freundlich bleiben.

Nach einer Weile stieg sie wieder auf und ritt in einem scharfen Galopp in Richtung des Gestüts. Die letzten paar hundert Meter ließ sie die Stute im Schritt gehen damit sie etwas abkühlen konnte. Das hatte ihr gutgetan. Lauras Zorn war komplett verraucht.

Don Pedro sah sie erst wieder beim Abendessen. Es schien ihm leid zu tun. „Ich wollte Sie heute Vormittag nicht kränken. Aber dieser Hengst ist absolut das Schönste – außer Ihnen natürlich – was ich bisher gesehen habe. Es macht mich fast verrückt, ihn nicht zu bekommen. Das bin ich nämlich nicht gewohnt. Würden Sie mir die Ehre erweisen morgen mit mir auszureiten bevor wir abreisen? Wir haben uns für fünf wunderschöne Stuten entschieden und sind schon gespannt auf die Fohlen, die sie auf die Welt bringen werden. Das ist immer eine besondere Vorfreude."

Ihr Instinkt sagte Laura zwar, dass sie das nicht tun sollte, aber sie wollte nicht unhöflich sein und die Herrschaften würden am Tag danach sowieso wieder abreisen. Dann würde wieder Ruhe auf dem Gestüt einkehren und Georg würde sich freuen, so gute Geschäfte gemacht zu haben. Sie konnte ihren Vater nicht enttäuschen, indem sie sich unhöflich verhielt.

„Also gut. Kommen Sie nach dem Frühstück zu den Stutenstallungen. Ich werde Ihnen Kaya vorbereiten lassen. Jetzt würde ich mich jedoch gerne zurückziehen. Wenn Sie mich bitte entschuldigen würden." Pedro war zufrieden. Wenn er schon nicht den Hengst bekommen konnte. Sie würde er bekommen. Ob sie wollte oder nicht.

Nach einem späten Frühstück ging Laura mit ihrem Gast zu den Stallungen hinunter. Laura zeigte Don Pedro die Box von Kaya und bat den Stallburschen Karim darum, die Stute für den jungen Mann zu satteln. Sie selbst machte sich daran Taranee zu satteln. Als die beiden Stuten bereit waren, führten sie die Pferde hinaus auf den Hof und stiegen auf.

„Kommen Sie Don Pedro, wir reiten hier entlang. Ich habe uns ein paar Brote einpacken lassen. Dort hinter dem Wäldchen ist ein kleiner See. Da können wir rasten und eine Kleinigkeit essen," rief Laura, die schon im flotten Trab den Hügel hinaufritt.

Pedro schloss mit seiner Stute zu ihr auf und im Schritttempo ritten sie weiter über die saftigen Wiesen und durch das kleine Wäldchen bis sie, nach etwa einer halben Stunde, einen kleinen idyllischen See sahen. Das Wasser glitzerte und spiegelte die Sonnenstrahlen wider. An drei Seiten wurde der kleine Weiher umgeben von dem tiefgrünen Mischwald, der fast direkt an das Gestütsgelände angrenzte und den darin lebenden Tieren ausreichend Schutz bot. Man konnte manchmal einen Fuchs, Wildhasen oder Rehe dort sehen. Heute rief nur ein Specht nach seiner Partnerin. Es war gerade Paarungszeit in der Tierwelt.

Laura ritt zum Ufer des Gewässers und stieg ab. Nachdem sie ihre Stute an einem Baum angebunden hatte, nahm sie eine Decke aus ihren Satteltaschen und breitete sie aus. Dann kramte sie nach den ganzen Leckereien, die sie mitgenommen hatte und stellte sie auf die Decke, bevor sie sich setzte. Sie hatte auch an eine Flasche Wein gedacht, die sie Pedro nun entgegenstreckte. Sie bat ihn, diesen zu öffnen. Der ließ sich nicht lange bitten. Insgeheim freute er sich, dass Laura Alkohol dabeihatte. Das würde die Sache sicher einfacher machen und gewisse Hemmungen auflösen. Deshalb schenkte er Laura großzügig Wein in das mitgebrachte Glas ein.

Pedro erzählte von dem eintönigen Leben am Hofe des spanischen Königs Ferdinand und wie schillernd und prunkvoll, aber auch dekadent es dort zuging. Dabei wurden seine Blicke immer fordernder.

Laura wurde es unheimlich in seiner Nähe. „Kommen Sie Don Pedro, lassen Sie uns zurückreiten. Mein Vater wird mich sicher schon vermissen und mir wird es langsam kühl." Sie legte die Decke zusammen, drehte sich zu ihrer Stute um und belud die Packtaschen.

Plötzlich wurde sie um die Taille gefasst und herumgerissen. Pedro hielt sie fest im Griff, ein hämisches Grinsen erschien auf seinem Gesicht. „Du bist so wunderschön Laura, fast so schön wie Dein Hengst. Aber den kann ich ja nicht bekommen. Doch von Dir nehme ich mir einfach, was ich will. Du selbst hast mich zu diesem wunderschönen, romantisch anmutenden Ort geführt. Hier sind wir ungestört. Niemand wird Dich hören und glauben wird Dir sowieso Niemand. Schließlich hast Du mich zu einem romantischen Téte à Téte eingeladen. Selbst an Wein hast Du gedacht. Wenn nicht um mich zu verführen."

Laura war starr vor Entsetzen und vollkommen unfähig sich zu wehren. Sie hatte zwar insgeheim gewusst, dass er kein guter Mensch war, aber dies hatte sie nicht erwartet. Sie war viel zu unschuldig, um solche Gedanken zu hegen.

Pedros Gesicht hatte wieder diesen brutalen Ausdruck angenommen. Seine braunen Augen blickten kalt auf sie herunter. Er riss ihr die Kleider vom Leib, drückte ihr die Hand auf den Mund und betrachtete ihre Nacktheit. „Du bist wirklich wunderschön gebaut. Bin ich der Erste für Dich?

Man sagt, Frauen behalten den ersten Mann in ihrem Leben immer in bleibender Erinnerung." Er grinste hämisch, drückte sie zu Boden und nestelte an seiner Hose herum, dann drang er brutal in sie ein. Noch nie in ihrem Leben hatte sie einen solchen Schmerz verspürt. Ihr wurde schwarz vor Augen und sie sank in eine kurze, gnädige Ohnmacht.

Als sie wieder zu sich kam hatte er bereits von ihr abgelassen. Er war gerade dabei seine Hose zuzuknöpfen und seine Kleidung wieder in Ordnung zu bringen. Als er bemerkte, dass sie ihn geradewegs anschaute, zischte er: „Versuch ja nicht mir etwas anzuhängen. Meine Eltern würden Dir eh nicht glauben. Falls Du es doch versuchen solltest, dann ist Dein Estawan ein totes Pferd und außerdem hat doch jeder bemerkt wie schmachtend Du mich angeschaut hast. Nun hast Du bekommen, was Du haben wolltest und ich auch," fügte er diabolisch grinsend hinzu. Lachend stieg er auf sein Pferd und ritt in gestrecktem Galopp davon.

Laura blieb noch eine Weile weinend liegen. Sie war noch immer benommen und konnte nicht wirklich begreifen, wie das hatte passieren können. Ihres Wissens hatte sie ihm nie Avancen gemacht. Sein klebriges Zeug rann an ihren Schenkeln hinunter und jede Faser ihres Körpers tat ihr weh. Sie raffte sich auf und wusch sich etwas am See. Dann richtete sie ihre Kleidung so gut es ging und legte ihren leichten Umhang um, so dass keiner die zerrissene Bluse sehen konnte. Dann ritt sie im Schritttempo nach Hause, sorgfältig darauf bedacht, dass Niemand sie in ihrem Zustand sah, denn sonst hätte sie sicher geweint und jeder hätte bemerkt was passiert war.

Zum Glück waren auch die Hausangestellten beschäftigt und sie traf keine Menschenseele in der Eingangshalle. Leise schlich sie sich in ihr Zimmer und riss sich die beschmutzten und zerrissenen Sachen vom Leib. Sie wusch sich so lange bis ihre Waschschüssel fast leer war und schrubbte so fest sie konnte. Doch immer noch fühlte sie sich innerlich und äußerlich beschmutzt und dreckig. Doch als sie in den Spiegel sah, konnte sie keinerlei Verletzungen erkennen.

„Nur gut, dass man die Seele nicht sehen kann," sagte sie zu sich selbst. Ihr blieben noch fast zwei Stunden bis zum Abendessen. Bis dahin musste sie sich gefangen haben und ein Lächeln aufsetzen. Sie legte sich auf ihr Himmelbett und ließ ihren Tränen freien Lauf.

Kurz vor dem Abendessen wusch sie sich nochmals sorgfältig das Gesicht und zog sich um. Sie machte sich sorgfältig zurecht und hoffte inbrünstig, dass ihr Vater nichts bemerken würde. Sie wollte die Sache nur vergessen und hoffte, dass ihr dies auch gelingen würde. Morgen würde der Besuch abreisen und Niemand würde etwas bemerken. Sie konnte doch das Leben ihres Hengstes nicht in Gefahr bringen. Schließlich war er einer der Hoffnungsträger der Zucht und die Zukunft auf, die ihr Vater baute. Und ihrem Vater wollte sie diesen Vorfall auch nicht erzählen, sie schämte sich viel zu sehr und außerdem wollte sie Aufregung vermeiden. Außerdem stand ihr Wort gegen das Pedros. Seine Eltern würden sicher zu ihrem Sohn halten. Es gab also viele Gründe zu schweigen.

Ihr Vater war sich mit Don Carlos einig geworden und ein paar hübsche Stuten und ein vielversprechender Junghengst würden für viele Goldstücke den Besitzer wechseln. Damit wäre das Überleben des Gestütes wieder für eine Weile gesichert. Laura brachte das gemeinsame Abendessen mit Bravour und undurchdringlicher Maske hinter sich. Sie war ein bisschen stolz auf sich, dass sie so unnahbar erscheinen konnte. Ihr Vater schien nichts bemerkt zu haben und war sehr zufrieden über den Verlauf seiner Geschäfte. Den wissenden Blicken Don Pedros entgegnete Laura mit einem höflichen, unverbindlichen Lächeln und nachdem alle gespeist hatten, zog sie sich – Kopfschmerzen vortäuschend – zurück.

Als Laura am nächsten Morgen erwachte und blinzelnd die Augen öffnete, dämmerte gerade der neue Morgen herauf. Das rötliche Licht der aufgehenden Sonne hatte sich über die Möbel gelegt und Staubkörner flimmerten im Licht. Sofort wurde ihr bewusst, was Pedro ihr angetan hatte. Ihr Körper schmerzte noch mehr als gestern direkt nach der Tat, doch das würde wieder vergehen. Die seelischen Wunden würden nicht so einfach verheilen. Sie schämte sich so sehr. Vielleicht war es doch ihre Schuld gewesen und sie hatte ihm unbewusst Hoffnungen gemacht? Trotz allem musste sie irgendwie vermeiden, dass Jemand bemerkte, wie schlecht es ihr ging. Sie nahm sich zusammen und betrachtete ihr Gesicht im Spiegel. Äußerlich war ihr nach wie vor nichts anzusehen. Sie goss kaltes Wasser in ihre Wasch-schüssel und rieb sich gründlich ab, dann holte sie tief Luft und ging hinunter zum Frühstück.

Nachdem der hohe Besuch sich verabschiedet hatte, ging das Leben auf dem Gestüt seinen ge-wohnten Gang und keiner bemerkte, dass aus dem lebensfrohen, immer zu Scherzen aufgeleg-ten jungen Mädchen, eine stille, traurige, in sich gekehrte Frau wurde.

Als Laura nach ein paar Wochen feststellte, dass die Vergewaltigung Folgen haben würde, machte sie jeden Tag lange Ausritte und hoffte das Kind auf diese Art und Weise loszuwerden. Sie aß kaum etwas, half bei den schwersten Arbeiten und trotzdem wurde der Bauch immer runder.

Bald würde es ihr nicht mehr gelingen ihr Bäuch-lein zu verstecken, da sie ja eigentlich gerten-schlank war. Die Leute würden über sie und ihren Vater reden und dies galt es nun zu vermeiden. Um ihrem Vater Kummer und Schande zu erspa-ren war in ihr der Plan gereift weg zu gehen und das Kind heimlich zu bekommen. Danach würde man weitersehen.

Entschlossen packte sie ein paar Habseligkeiten, ihren wertvollen Schmuck und einige Goldstücke in ihren Beutel. Anschließend schrieb sie ihrem

Vater einen Brief, in welchem sie alles erklärte und Georg um Verzeihung bat. Nachts als alles schlief und kein Laut zu hören war, schlich Laura leise die Treppe hinunter. Vorsichtig, um ja keine knarrenden Stufen zu erwischen, schaffte sie es aus dem Haus. Sie lief hinunter zur Westseite der Stallungen, wo die Kutschen und Kutschpferde untergebracht waren. Sie spannte eine lammfromme Stute vor einen leichten Einspänner und fuhr in die Finsternis hinaus.

Ihr Ziel war das Dominikanerinnenkloster in Sießen. Vor einiger Zeit hatte Laura einmal ein Gespräch zwischen den Dienstboten belauscht. Sie sprachen über ein Mädchen, das in Schwierigkeiten geraten war und in diesem kleinen Kloster Hilfe gefunden hatte. Sie konnte immer noch ihren kostbaren Schmuck verkaufen und den Einspänner und das Pferd. Damit konnte sie sich erst einmal einige Zeit über Wasser halten und dem Kloster eine großzügige Spende zukommen lassen, damit die Nonnen schweigen würden.

Nach einer einsamen Fahrt durch die schwarze Neumondnacht, sah sie am späten Nachmittag auf einer Anhöhe das Kloster Sießen vor sich auftauchen. Es wirkte etwas düster, fast wie eine Festung. Am liebsten wäre sie umgekehrt. Aber es gab jetzt kein Zurück mehr. Sie war in eine Notlage geraten und würde sich ihrem Schicksal fügen. Hier würde sie ihr Kind zur Welt bringen, vorausgesetzt die Nonnen waren ihr wohlgesonnen.

Nun stand sie vor den alten Klostermauern und klopfte an die schlichte, aber massive Eichentür, die sich kurz darauf knarrend öffnete. Eine alte Nonne steckte den Kopf heraus. „Guten Tag junges Fräulein, was kann ich denn für Euch tun?"

Die völlig übermüdete Laura schluchzte. „Bitte lasst mich ein. Ich erflehe Euren und Gottes barmherzigen Schutz. Es ist mir Böses widerfahren und ich bitte Euch, mir in Euren heiligen Mauern Schutz und Zuflucht zu gewähren."

Fürsorglich nahm die alte Nonne Laura bei der Hand und führte sie durch das riesige Gebäude mit den unzähligen Gängen. „Wartet hier mein Kind, ich hole die Schwester Oberin. Sie heißt Mutter Ophelia."

Nach einer kurzen Weile trat eine sanft und mütterlich wirkende ältere Dame ein. „Was genau kann ich für Dich tun mein liebes Kind. Braucht ihr Hilfe und in welcher Form? Was ist passiert. Mein Name ist Schwester Ophelia. Ich bin die Mutter Oberin und Verwalterin dieses Klosters."

Für Laura war in diesem Moment alles zu viel. Sie sank in sich zusammen und erzählte Ophelia weinend von ihrem Leid. Da die Mutter Oberin eine gute und weise Frau war und bereits viele Schlechtigkeiten der Welt gesehen hatte, versprach sie dem Mädchen zu helfen. „Aber Dein Geheimnis muss erst einmal unter uns bleiben und darf die Klostermauern nicht verlassen. Du bist einfach eine neue Novizin und unter den weiten Nonnengewändern kannst Du Deine Last verbergen."

Glücklich über diese Fügung küsste Laura dankbar Mutter Ophelias Hand. Diese entzog sich ihr und lächelte bescheiden. „Ich werde alles tun, was ihr verlangt liebe Mutter Oberin," sagte Laura.

Eine rundliche Nonne führte die junge Frau in eine karge Zelle. Dort standen ein Bett, ein Tisch, ein Stuhl und eine kleine Kommode. Keinerlei schnick schnack oder Überflüssiges. Doch mit ihren persönlichen Dingen wurde die kleine Zelle gleich etwas gemütlicher werden. Aber sie hatte ja auch nicht vor auf ewig hier zu bleiben. Nur so lange bis sie Gewissheit hatte, was sie tun sollte und das Baby geboren war.

Kurze Zeit später kam eine sehr junge Frau zu ihr in die Zelle. Sie stellte sich als Cornelia vor und brachte ihr das Novizinnen Gewand. Außerdem schnitt die junge Nonne ihr die schönen langen rotblonden Locken ab. Dabei plauderte sie vom Leben im Kloster. „Es tut mir leid meine Liebe, dass ich Euch Eure schönen Haare abschneiden muss, aber ihr werdet sehen, dass das viel praktischer ist. Ihr werdet Euch hier einbringen müssen und einige Aufgaben zugewiesen bekommen. Wir haben hier sehr strenge Regeln. Aber daran werdet Ihr Euch schnell gewöhnt haben." Laura schaute traurig auf die langen Locken, die jetzt auf dem Boden lagen. Es schmerzte sie sehr, aber sie musste sich fügen, wenn sie hierbleiben wollte.

Als Laura endlich allein war, versank sie in ihren Gedanken. Sie hatte angefangen das ungeborene Leben, welches in ihrem Schoß heranwuchs, zu lieben. Auch wenn es ein Teil dieses grässlichen jungen Mannes war, der ihr das angetan hatte. Das Kleine konnte nichts dafür. Sie streichelte sich über den Leib, der sich immer mehr rundete. Manchmal konnte sie sogar schon die sachten Bewegungen des Kindes spüren. Seufzend legte sie sich auf ihr hartes, einfaches Bett und schlief sofort ein.

Sie hatte das Gefühl kaum geschlafen zu haben, als es an ihrer Tür klopfte. „Aufstehen Laura," rief eine Nonne. „Es ist Zeit für das Morgengebet. Bitte beeil Dich, Gott lässt man nicht warten. Wir treffen uns Punkt sechs Uhr in der kleinen Kapelle im Ostflügel des Klosters. Cornelia wird dich gleich abholen kommen und Dir den Weg zeigen."

Schnell stand Laura auf und streifte sich das lange, schwarze Gewand und die dazu gehörende Haube über. Es war sehr ungewohnt und sie fühlte sich fast wie verkleidet in dem fremden Habit. Dann machte sie sich zusammen mit der jungen Cornelia auf den Weg in Richtung der kleinen Kapelle, in der das morgendliche Gebet stattfand. Als sie dort eintrafen setzten sie sich leise in die hinterste Reihe. Das junge Mädchen unterdrückte ein Gähnen und lauschte still den Worten der Mutter Oberin, denn diese hielt die Predigt.

Danach ging es in einen großen Saal, in welchem viele einfach gezimmerte Bänke und Tische standen. Cornelia führte sie zu dem ihr zugewiesenen Tisch und bedeutete ihr, sich dort zu setzen. Sie lächelte Laura an und erzählte ihr, dass die Mahlzeiten einige der wenigen Gelegenheiten waren, um sich zu unterhalten. Außer wenn man ein Schweigegelübde abgelegt hatte, dann herrschte absolute Stille.

Laura hatte ihr Frühstück fast beendet, als Ophelia zu ihr trat. „Liebe Laura, bist Du schon fertig? Ich würde Dir gerne Deinen Aufgabenbereich zeigen." Obwohl das Mädchen noch Hunger hatte, stand sie folgsam auf.

„Natürlich, zeigt mit bitte, was ich tun muss." Ophelia deutete in Richtung des Nordflügels und ging zügigen Schrittes voran.

„Du kannst Dich erst einmal in der Küche nützlich machen. Da brauchen wir immer Hilfe." Dort angekommen stellte Ophelia ihr Schwester Paula vor. „Schaut Schwester Paula, das ist Laura. Sie wird Dir helfen."

Die durch ihre beachtliche Korpulenz mütterlich wirkende Paula streckte Laura ihre Hand hin und lächelte sie freundlich an. „Oh, das ist ja schön, dass ich Hilfe bekomme. Schau Laura. Du kannst hier gleich die Kartoffeln schälen für den Eintopf, den es heute zum Mittagessen gibt," sprachs und drückte Laura eine große irdene Schüssel mit vielen Kartoffeln und ein Messer in die Hand.

Laura hatte noch nie in ihrem Leben Kartoffeln schälen müssen, doch nach und nach ging es immer besser. Es war fast eine meditative Arbeit und sie versank in ihren Gedanken. Wie es wohl ihrem Vater zu Hause ging? Er vermisste sie sicher schrecklich. Vielleicht hätte sie sich doch nicht einfach ohne ein Wort aus dem Staub machen sollen. Doch jetzt war es erst einmal zu spät. Wenn sie mit dem Kind auf dem Arm nach Hause kam, dann würde er sie sicher nicht wegschicken. Da war sie sich sicher. So würde sie es machen. Sie stellte sich bereits das Bild vor. Sie mit ihrem Baby auf dem Arm, wie sie nach Hause fuhr, vor den Stallungen hielt und ihr Vater voller Freude auf sie zukam. Vielleicht sollte sie ihm einen Brief schreiben? Doch nach dem Kartoffel schälen, musste sie Karotten schälen, dann gab es Mittagessen und sie musste die gefüllten Teller an die Tische bringen. Danach war sie zum Unkrautjäten im Kräutergarten eingeteilt. Dann noch Abendessen und die Abendpredigt. Als sie endlich in ihre Zelle durfte, wollte sie sich nur noch hinlegen. Sie war körperliche Arbeit in diesem Ausmaß nicht gewohnt und der Rücken tat ihr weh. Sie wollte nur noch schlafen. So verschob sie den Brief gedanklich auf morgen. Aber auch am nächsten Tag kam sie nicht dazu und am übernächsten und allen weiteren Tagen auch nicht.

So verging ein Tag nach dem anderen in monotoner Eintönigkeit. Schlafen, Beten, Arbeiten, Essen. Wobei das Essen immer sehr karg und einfach gehalten wurde. Trotzdem hatte sie drei Mahlzeiten am Tag und im Grund alles, was sie vorerst brauchte. Auch die Nonnen waren alle sehr nett zu ihr. Doch außer Ophelia wusste keine von ihnen von ihrer Schwangerschaft.

Heute jedoch war ein besonderer Tag. Alle Nonnen wuselten geschäftig umher. Sämtliche Fußböden wurden geschrubbt und auf Hochglanz poliert und man hatte den Speisesaal festlich geschmückt und einige Hühner geschlachtet. Schon am Morgen zog frischer Brotgeruch durchs Kloster und das Wasser lief Laura im Mund zusammen. Bereits zum Mittagstisch sollte der Bischof eintreffen.

Endlich war es so weit. Eine zweispännige Kutsche fuhr den staubigen Weg zum Kloster hinauf. Oben angekommen erbat der Kutscher Einlass und hielt im großen Klosterhof an. Er sprang vom Kutschbock und öffnete die mit rotem Samt ausgekleidete Kutsche.

Ein rundlicher Mann mit genauso rundlichem, gutmütigem Gesicht und kleinen Äuglein stieg aus und ging auf Mutter Ophelia zu. „Meine liebe Mutter Oberin, ich freue mich sehr Euch zu sehen. Wie ist denn das werte Befinden? Wir werden ja alle leider nicht jünger."

Ophelia ignorierte seine Frage und hauchte einen Kuss auf die ihr dargereichte Hand mit dem kostbaren Ring des hohen Kirchenmannes. „Es ist uns immer wieder eine Ehre Euch hier in unserem bescheidenen Kloster begrüßen zu dürfen. Kommt mit mir zu Tisch bevor wir uns Geschäftlichem widmen. Die Nonnen und Novizinnen freuen sich sehr auf das heutige Festmahl, denn heute gibt es Hühnchen."

Auf das Mittagessen hatte sich der beleibte, kleine Mann ebenfalls schon sehr gefreut und deshalb schritt er schnell neben Mutter Ophelia her, in Richtung Speisesaal. Der Speisesaal war hübsch geschmückt mit Kräuterbüscheln und Blümchen, die im Klostergarten wuchsen. Es roch verlockend und da auch der Bischof großen Hunger hatte, hielt er nur eine sehr kurze Begrüßungsansprache. Auch das Tischgebet fiel heute sehr knapp aus. Alle freute sich auf das ungewohnte Festmahl und langten kräftig zu. Fleisch gab es im Kloster sehr selten. Die Hühner waren ihre Eierlieferanten und eigentlich zu kostbar zum Schlachten. Doch wenn hoher Besuch kam, dann musste improvisiert werden.

Der Bischof, welcher direkt neben Mutter Ophelia saß, seufzte und meinte: „Ophelia, ihr habt Euch wieder einmal selbst übertroffen. Das Essen war hervorragend."

„Mein lieber Bischof, nicht ich habe gekocht, sondern meine die Küchennonne. Ihr gebührt der Dank. Es freut mich jedoch, dass es Euch so gut geschmeckt hat. Nun habt ihr genügend Energie mit mir die geschäftlichen Dinge zu besprechen," schmunzelte die Mutter Oberin. „Gehen wir doch in mein Büro, da sind wir ungestört."

Beide erhoben sich und gingen den langen mit bunten Glasfenstern verzierten Hauptflur entlang zu Schwester Ophelias holzvertäfeltem Büro. Sie bat den Bischof auf dem Stuhl ihr gegenüber Platz zu nehmen.

„Wie soll ich anfangen. Wir haben einen Gast hier. Das Mädchen stand vor einigen Wochen vor unserem Tor und befindet sich in großer Not. Ich konnte sie nicht abweisen. Es wurde ihr Gewalt angetan und sie erwartet ein Kind. Sie ist von zu

Hause weggelaufen, weil sie Angst hat ihren Vater zu brüskieren und seinen guten Ruf zu ruinieren. Er ist wohl ein angesehener Mann. Vielleicht kennt ihr ihn sogar. Ein renommierter Pferdezüchter namens Georg von Dorner."

„Oh Gott," sagte der Bischof erschüttert. „Das darf aber nicht nach außen dringen. Aber ich verstehe Euch natürlich. Es gehört auch zur Nächstenliebe. Ich hoffe, dass alles gut geht. Und wie stellt Ihr Euch das Leben mit der Mutter und dem Kind vor? Es wird nicht einfach sein, die Beiden vor der Außenwelt zu verbergen. Von Georg von Dorner habe ich tatsächlich schon gehört. Er ist bis über die Grenzen hinaus bekannt und züchtet wohl edle Araberpferde. Eine Rasse die hier in unseren Breitengraden sehr unüblich ist. Aber er hat damit großen Erfolg."

„Ihr habt sicher recht lieber Bischof," erwiderte Ophelia. „Doch ich denke, dass Laura – so heißt das Mädchen – wieder nach Hause zu ihrer Familie möchte. Sie war sich nur sehr unsicher, wie ihr Vater reagieren würde, denn da er ein angesehener Mann ist hat er auch viele hochrangige Geschäftsverbindungen. Sie will ihn nicht ins Gerede bringen."

Der Bischof dachte nach. „Ich glaube unser König Wilhelm arbeitet auch mit ihm zusammen. Ja, da kann ich natürlich verstehen, dass das Mädchen Angst hat. So Gott will gibt es sicher eine Lösung. Auch wenn wir sie jetzt noch nicht erkennen können. Aber sie soll einfach erst einmal hierbleiben. Solange es nicht nach außen dringt, soll es mir recht sein. Ich bin auch kein Unmensch."

Die Mutter Oberin nickte und ging zu den nächsten Themen über. Sie brauchten dringend Spenden für ein neues Dach und auch Nahrung. Das meiste produzierten sie zwar im Kloster selbst, aber einige Dinge mussten sie doch dazu kaufen. Jedes Jahr erhielt sie vom Bischof eine Summe, mit der sie haushalten musste. Indem sie ihn jedes Mal sehr gut bewirtete, erhoffte sie sich ihn zu einer großen Summe zu verleiten. Doch meistens reichte es gerade um ein Jahr zu überleben und nicht für große Reparaturen. Diese mussten immer gesondert genehmigt werden. Doch heute war er in der Tat sehr gnädig und die Reparatur des neuen Daches war gesichert. Ophelia freute sich sehr darüber.

Laura ahnte nichts von den Gesprächen zwischen Ophelia und dem Bischof. Sie hatte sich wieder ihrer Arbeit zugewendet. Sie fühlte sich heute nicht wohl. Vielleicht war das Schrubben der Böden doch zu viel für sie gewesen. Aber sie konnte sich ja nicht von der Arbeit fernhalten, denn sonst wäre ihr Zustand sicher aufgefallen. Inzwischen war sie aber auch sehr rund geworden und alles tat ihr weh. Das Bücken fiel ihr schwer. Vor allem musste sie heute noch das Unkraut aus den Beeten des wunderschön angelegten Kräutergartens zupfen. Immer wieder brauchte sie eine Pause und nach dem letzten Abendgebet fiel sie erschöpft auf ihr Lager.

Sie konnte noch nicht lange geschlafen haben, also ein heftiger Schmerz sie aufweckte. Mein Gott dachte Laura. Hilf mir, es ist so weit. Sie wollte aufstehen und Mutter Ophelia rufen, doch sie musste sich wieder hinlegen, der Schmerz war zu stark. Da ihr die Mutter Oberin eingebläut hatte Niemandem etwas zu erzählen, beschloss sie, die Geburt wohl oder übel allein durchstehen. Sie nahm ihr Gebetsbuch zwischen die Zähne, um nicht laut aufschreien zu müssen. Die wellenartigen Schmerzen kamen in immer kürzeren Abständen, oder gab es etwa schon gar keine Pause mehr zwischen diesen fürchterlichen Krämpfen? Sie hatte das Gefühl, als ob sie innerlich zerrissen würde. Als ob eine eiserne Faust auf ihren Bauch drückte und ihr die Luft zum Atmen nahm.

Instinktiv winkelte sie die Beine an und presste mit aller Kraft. Plötzlich spürte sie etwas Warmes zwischen Ihren Beinen hervorgleiten. Sie griff nach dem kleinen Wesen und zertrennte mit letzter Kraft die Nabelschnur, die sie mit ihrem Kind verband. Es war ein wunderschönes kleines Mädchen mit einem hellen Flaum auf dem winzigen Köpfchen. Ich werde sie Aurelia nennen, die Goldene. Das Blut hörte nicht auf zu fließen und sie fühlte sich schwach. Dann sank sie in eine tiefe Ohnmacht.

Als Laura sich am nächsten Morgen nicht wie gewöhnlich zum Morgengebet einfand, ahnte die Mutter Oberin, dass etwas passiert sein musste. Sie lief so schnell sie konnte zu Lauras Zelle.

Als sie die Tür öffnete entfuhr ihr ein Schrei. Das ganze Bett war blutbefleckt. Inmitten des Blutes lagen Laura und ein kleines Bündel Mensch, welches an den Fingern der geschwächten Mutter saugte.

Durch ihren Schrei alarmiert, waren inzwischen auch die anderen Nonnen hinzugekommen und standen in stummem Entsetzen um Lauras Bett herum. Es dauerte eine Weile bis sich Eine von

Ihnen zur Küche aufmachte, um die Heilerin und warme Milch für das Neugeborene zu holen.

Vorsichtig tätschelte Ophelia Lauras Wangen, denn diese war kaum ansprechbar. Laura murmelte mit geschlossenen Augen: „Aurelia soll sie heißen. Bitte bringt sie zu meinem Vater." Dann sank sie zurück in einen immerwährenden Schlaf. Der Blutverlust war zu hoch gewesen.

Ophelia war sehr traurig über den viel zu frühen Tod Lauras. Wie sehr hatte das Mädchen sich inzwischen auf ihr Kind gefreut und nun sah sie es nicht einmal mehr aufwachsen. Es war ein hübsches kleines Mädchen mit einem goldenen Flaum auf dem Köpfchen. Sie würde sicher ebenso hübsch werden wie ihre Mutter. Der Name Aurelia würde sicher gut zu ihr passen.

Da der Bischof noch anwesend war kam sie nicht umhin ihm die traurige Botschaft mitzuteilen. Man beratschlagte lange und kam dann zu dem Entschluss das Kind erst einmal hier im Kloster aufwachsen zu lassen. Schließlich war es ungewiss, ob die kleine Aurelia ohne Muttermilch überhaupt überlebte. Später würde man Lauras Vater die schlimme Nachricht immer noch überbringen können. Dann würde man weitersehen.

Erschüttert machte sich der Bischof auf zu seiner nächsten Diözese, die er zu besuchen hatte und versprach, Georg von Dorner ausfindig zu machen und ihm zu schreiben, dass seine Tochter hier im Kloster gestorben war und ob sie hier beerdigt werden solle.

Täglich erwartete die Mutter Oberin einen Brief oder Anweisungen von Georg von Dorner zu erhalten, wie man denn weiter verfahren würde. Es kam jedoch nur ein Brief vom Bischof, in welchem er ihr mitteilte, dass er an Herrn von Dorner geschrieben und ihm berichtet hätte. Es kam jedoch nie eine Nachricht von Georg im Kloster an wie man weiter verfahren solle und so wurde Laura auf dem klostereigenen Friedhof beigesetzt. Die Nonnen pflanzten Lavendel und orangefarbene Rosen auf ihr Grab, denn Laura hatte immer von den wunderschönen Kletterrosen erzählt, die am Gutshaus emporrankten.

Die ehrwürdigen Schwestern hatten das kleine Mädchen bald in ihr Herz geschlossen und sie gehörte irgendwie zum Inventar. So verbrachte Aurelia ihre ganze Kindheit innerhalb der Klostermauern und wuchs zu einem bildschönen Mädchen heran. Sie hatte die grünen Augen ihrer Mutter geerbt, doch waren sie eher olivgrün und ihre blonden Haare leuchteten in der Sonne wie flüssiges Gold. Nur ihr Teint war ein bisschen bronzefarben, und sie wurde schnell braun in der Sonne. Vermutlich ein genetisches Geschenk ihres spanischen Vaters.

Die Nonnen bemühten sich sehr ihr alle Dinge beizubringen, die ein junges Mädchen wissen musste. Doch sie waren doch etwas weltfremd und deshalb wuchs Aurelia viel zu behütet auf und wusste von dem Leben dort draußen nicht all zu viel. Oft stöberte sie in der Bibliothek und las viel über Heilmittel, andere Länder und Kulturen. Immer mehr erwachte in ihr der Wunsch in diese bunte Welt jenseits der Klostermauern zu gelangen, um endlich etwas über ihre Verwandtschaft in Erfahrung zu bringen, denn Mutter Ophelia schwieg hartnäckig zu diesem Thema. Sie meinte immer, es sei noch nicht der richtige Zeitpunkt.

Hin und wieder konnte sie einen Blick auf die Bauern und Kaufleute erhaschen, die das Kloster mit allerlei Waren versorgten und auch die im Kloster angefertigten Waren zum Markt brachten und dort verkauften. Sie ertappte sich immer wieder bei dem Gedanken doch einen von den Händlern anzusprechen. Aber das wäre nicht schicklich gewesen. So blieb es bei ihren Träumereien

und bei der Sehnsucht nach der Welt dort draußen
die immer stärker wurde, je älter sie wurde.

Der Brief

An Aurelias sechzehntem Geburtstag ließ die Mutter Oberin – die inzwischen eine alte Frau geworden war und sich kaum noch aufrecht halten konnte – Aurelia in ihr Büro rufen. Das Mädchen wunderte sich sehr, denn im Kloster wurden keine Geburtstage gefeiert. Man nahm sich selbst nicht so wichtig.

„Liebste Aurelia" begann sie. „Ich muss Dir etwas sagen. Du hast mich schon oft nach Deiner leiblichen Mutter gefragt und ich denke heute ist der richtige Zeitpunkt, Dir von ihr zu erzählen. Sie hieß Laura und stand eines Tages schwanger hier vor unserem Kloster und bat uns sie aufzunehmen. Leider ist Deine Mutter bei Deiner Geburt gestorben. Sie hat Dich mutterseelenallein zur Welt gebracht und wir konnten ihr nicht mehr helfen. Als sie damals zu uns ins Kloster kam hat sie mir ihre Habseligkeiten und einen Brief für Dich anvertraut. Ich denke, es ist jetzt der richtige Zeitpunkt, dass Du ihre persönlichen Sachen bekommen solltest. Vielleicht beantwortet dies einige Deiner Fragen. Natürlich steht es Dir danach frei hier zu bleiben, oder zu gehen. Wenn Du hier bleiben möchtest, dann müsstest Du allerdings in die Dienste Gottes eintreten, also Nonne werden und der Welt da draußen völlig entsagen."

Aurelia war zutiefst traurig dies zu hören, bedankte sich jedoch bei Mutter Ophelia, nahm die Habseligkeiten ihrer Mutter an sich und ging zu ihrer Zelle zurück. Viele Gedanken kreisten in ihrem Kopf und sie war vollkommen durcheinander. Trotzdem war sie gespannt, welche Habseligkeiten das alles waren.

Sie setzte sich auf ihr hartes Bett und schaute sich die wenigen Dinge an, die ihrer Mutter gehört hatten. Aus dem Hanfbeutel entnahm sie ein zweckmäßiges braunes Reisekleid und ein kleines, Kästchen aus Holz. Das Kästchen war mit kunstvollen Einlegearbeiten aus Elfenbein verziert und zeigte fremdartige Tiere und Menschen mit wundersamen Kleidern. Vorsichtig öffnete sie das Kästchen. Darin lagen eine Halskette und die dazu passenden Ohringe. Beide waren aus purem Gold und mit wunderschönen, tiefgrünen Steinen gearbeitet. Sie kannte den Namen der Steine nicht. Ebenfalls lag ein versiegelter Brief darin, den sie vorsichtig herausnahm.

Sie atmete tief durch und öffnete das Schreiben.

Mein allerliebstes Kind,

wenn Du diese Zeilen liest, dann haben sich meine Sehnsüchte leider nicht erfüllt und ich bin tot. Es ist traurig, dass wir uns niemals kennen gelernt haben, doch das Schicksal hat dies wohl leider nicht für uns vorgesehen. Doch ich versichere Dir, trotz der Umstände, die mir widerfahren sind, hätte und habe ich Dich sehr geliebt mein Kind.

Bitte nimm Kontakt zu Deinem Großvater Georg von Dorner auf. Der Ort, in dem er lebt, heißt Birnau und ist in der Nähe von Überlingen am Bodensee. Dort hat er ein Gestüt mit wunderschönen Araberpferden und ich bin sicher, dass er Dich sehr gerne bei sich aufnehmen wird. Denn nun bist nur Du noch ein Teil seiner Familie. Auch Deine Großmutter ist schon vor langer Zeit verstorben.

Leider konnte ich ihm unsere Geschichte – aus Gründen, die nun wohl eingetreten sind - nicht mehr erzählen.

Ich bin damals von zu Hause weggelaufen, weil ein Mann namens Don Pedro de Fernandez mir Gewalt angetan hat. Don Pedro ist der Neffe des spanischen Königs. Mir hätte damals sicher niemand geglaubt, dass ich Pedro in keiner Weise ermutigt habe. Als ich bemerkte, dass ich mit Dir guter Hoffnung bin, wollte ich meinem Vater – Deinem Großvater – keine Schande bereiten und bin deshalb ins Kloster gegangen. Die Dominikanerinnen haben mich bei sich aufgenommen und mir ein zu Hause gegeben. Eigentlich wollte ich mit Dir nach Deiner Geburt wieder zu meinem Vater zurückkehren. doch scheinbar wurden meine Pläne aus irgendeinem Grund vereitelt.

Bitte geh nach Hause auf unser Gestüt und erzähle Deinem Großvater, dass Du mein geliebtes Kind bist. Die Kette und die Ohrringe mit den grünen Steinen werden ihm zeigen, dass Du die Wahrheit sprichst. Er hat sie vor vielen Jahren Deiner Großmutter von einer seiner Reisen mitgebracht.

Mein Weggehen hat ihm sicher das Herz zerrissen, aber ich konnte nicht anders. Bitte sag ihm, wie sehr ich ihn geliebt habe und wie sehr ich mir gewünscht hätte, dass wir wieder vereint gewesen wären.

Deine Dich für immer liebende Mutter Laura von Dorner

Tränen flossen über Aurelias Wangen. Tiefe Verzweiflung über den Verlust ihrer Mutter umfing sie wie eine dunkle Wolke und nahm ihr für einen Moment den Atem. Dann stürmten die Gedanken auf sie ein. Sie stammte aus gutem Hause, endlich wusste sie etwas über ihre eigene Herkunft und was damals passiert war. Eine tiefe Sehnsucht bemächtigte sich ihrer und sie beschloss zu ihrem Großvater zu reisen um ihn kennen zu lernen. Als ihr klar war was sie wollte, rannte sie den Flur entlang zu Mutter Ophelias Büro und klopfte.

„Herein," sagte Mutter Ophelia. Sie saß auf ihrem wunderschönen handgeschnitzten Stuhl mit der hohen Lehne und wirkte bedrückt.

Bevor Aurelia etwas sagen konnte meinte sie deshalb: „Mein liebes Kind, ich werde Deinem Großvater einen Brief schreiben, dass Du hier bei uns bist und was damals passiert ist. Du möchtest ihn doch gerne sehen. Es ist doch so?"

„Ja Mutter Ophelia, ich habe so viele Jahre hier im Kloster verbracht und ich bin Euch auch sehr dankbar. Aber ich kenne nichts von der Welt da draußen und nun, da ich weiß, dass ich Verwandtschaft habe, möchte ich meinen Großvater unbedingt kennenlernen. Wenn er mich nicht sehen will, dann werde ich Novizin."

„Gut, dann soll es so sein. Dann werde ich den Brief gleich schreiben und einem Boten mitgeben.

Bis nach Birnau ist es etwa ein Tagesritt. Es könnte also schnell Antwort eintreffen. Halte Dich bereit."

Aurelia stürmte aus Ophelias Büro und war überglücklich. Voller Vorfreude rannte sie in den Klostergarten und redete in Gedanken mit ihrer toten Mutter. „Ich werde zu Großvater fahren liebste Mama. Jetzt weiß ich, wie sehr Du mich geliebt hast. Hoffentlich nimmt er mich bei sich auf. Ich möchte so gerne hier weg." Freude und Verzweiflung wechselten sich ab und sie konnte beim Abendessen und dem sich anschließenden Gebet kaum stillsitzen. Auch in der darauffolgenden Nacht war sie viel zu aufgeregt, um zu schlafen. Immer wieder wachte sie auf und versuchte, sich ihren Großvater vorzustellen. Wie er wohl war? Sie hoffte zutiefst, dass er sie wollte und malte sich aus, wie es sein würde ihn kennen zu lernen.

Immer wieder schaute sie sich den wundervollen Schmuck an. Behutsam strich sie über das kalte, gelbe Metall und versuchte sich vorzustellen, wie das Collier und die Ohrringe wohl an ihr aussehen würden. Ob sie ihrer Mutter ähnlichsah? Sie musste sich auf ihre Vorstellungskraft verlassen, denn im Kloster gab es keinen einzigen Spiegel.

Alles war dort sehr zweckmäßig eingerichtet um die Schwestern, die ihr ganzes Leben Gott gewidmet hatten, nicht von ihrem Glauben abzulenken. Doch zum ersten Mal in ihrem Leben spürte Aurelia, dass es auch noch andere Dinge gab, von denen sie bisher keine Ahnung gehabt hatte. Das Leben dort draußen musste wundervoll und aufregend sein.

Georg von Dorner ließ sich jedoch Zeit. Die widersprüchlichsten Gefühle tanzten in seiner Brust. Er hatte zwar vor langer Zeit einen Brief vom Bischof erhalten, dass seine geliebte Laura gestorben sei, aber darin war keine Rede von einem Kind gewesen. Wieso hatte er ihm das denn nicht mitgeteilt? Sie hatten dadurch sechzehn kostbare Lebensjahre verloren.

Damals war er zwar tieftraurig über den Verlust seines Kindes gewesen doch auch sehr wütend, weil sie sich ihm nicht anvertraut hatte. Er hatte jetzt noch Schuldgefühle, weil er damals nicht geantwortet hatte, aber er war so in ein emotionales Loch gestürzt, dass es ihm einfach unmöglich gewesen war. Außerdem war Laura in geweihter Erde auf dem Klostergelände begraben worden. Mehr hätte er hier auch nicht für sie tun können. Und nun sollte er eine Enkelin haben? Warum nur hatte Laura ihm nicht vertraut? Er hätte sie doch unterstützt und sie niemals verstoßen. Mit dem Gerede wären sie schon fertig geworden. Vor allem hätte er diesen Schuft zur Verantwortung ziehen können. Jetzt war er fast achtundsechzig Jahre alt, also uralt und zu nichts mehr zu gebrauchen und für Rachepläne war es zu spät. Er hatte sich damals fast gedacht, dass Lauras Verschwinden etwas mit einem Mann zu tun hatte. Aber dass Don Pedro de Fernandez sie vergewaltigt hatte, auf diese Idee wäre er niemals gekommen. Laura hatte sich nichts anmerken lassen und war erst einige Monate nach dem hohen Besuch verschwunden. Vielleicht hatte er deshalb keinen Zusammenhang vermutet.

Tagelang machte er lange Spaziergänge durch den Wald. Oft setzte er sich an den Platz an dem kleinen See, von dem er wusste, dass es einst Lauras Lieblingsplatz gewesen war. Er setzte sich auf einen Baumstamm, schloss seine Augen und stellte sich seine Tochter vor. Manchmal fiel es ihm schwer ihr Bild vor sein geistiges Auge zu holen, doch eines Tages hörte er sie sagen, nimm Deine Enkelin bei Dir auf Vater, sie braucht ein liebevolles zu Hause und Jemand der ihr das Leben außerhalb des Klosters zeigt. Glücklich marschierte er nach Hause, sein Entschluss stand fest. Er wollte seine Enkelin kennenlernen.

Aurelia fieberte währenddessen dem Tag entgegen, an dem endlich eine Nachricht von Georg eintreffen würde und wurde immer trauriger weil kein Brief ankam. Wollte er sie denn gar nicht kennenlernen? Die ganze Zeit schon fragte sie sich, was er wohl für ein Mensch war und wie er wohl aussah. Warum nur hatte ihre Mutter Angst gehabt ihm zu sagen, was mit ihr los war?

Als dann, nach über zwei Wochen Wartezeit, doch endlich der sehnsüchtig erwartete Brief von Georg eintraf in welchem er schrieb, dass er es kaum erwarten könne seine Enkelin kennenzulernen, war sie vollkommen aus dem Häuschen. Es würde zwar noch einige Tage dauern bis sie abgeholt werden sollte, trotzdem begann sie schon ihre wenigen Habseligkeiten in einen Beutel zu packen. Sie wollte bereit sein. Sie schaute sich in ihrer kargen Klosterzelle um und nahm gedanklich Abschied. Nein, sie würde das hier sicherlich nicht vermissen. Es war Zeit, die große, bunte, weite Welt jenseits der Klostermauern kennenzulernen und natürlich ihren Großvater. Immer wenn sie etwas Ruhe fand, stellte sie sich einen älteren, gütig wirkenden, grauhaarigen Mann vor und ihr Herz schlug Purzelbäume.

Endlich kam der ersehnte Tag und Ophelia hatte die Nonne Cornelia geschickt, um sie abzuholen. Aurelia nahm ihren Beutel und zog die Tür ihrer Zelle hinter sich zu. Dann ging sie den langen Flur entlang zu Mutter Ophelias Arbeitszimmer. Das Herz klopfte ihr vor Aufregung bis zum Hals. Sie hatte das Gefühl, dass gleich ihr Kreislauf versagen würde.

Das Arbeitszimmer der Oberin war rundherum mit dunkler Holzvertäfelung verkleidet. Die Fenster waren aus buntem Glas und mit christlichen Motiven verziert. Ein warmes Licht durchströmte den Raum als Aurelia sich auf den ihr angebotenen Stuhl setzte.

Ophelia saß bereits an ihrem großen Schreibtisch. „Mein liebes Kind, setz Dich bitte" begann sie. „Du weißt, dass wir Dich alle sehr liebgewonnen haben und es uns sehr schwer fällt Dich gehen zu lassen. Aber wir verstehen auch, dass Du zurück zu Deinen Wurzeln möchtest und Deine eigenen Erfahrungen machen musst. Leider kann ich Dir nicht viel mitgeben auf Deinem Weg, außer meiner ganzen Liebe für Dich und Gottes Segen. Ich wünsche Dir von Herzen alles Gute und lass gelegentlich von Dir hören, wie es Dir geht. Versprichst Du mir das?"

Sie erhob sich und nahm Aurelia ein letztes Mal in ihre Arme, wohl wissend, dass sie einander nie mehr wiedersehen würden, denn sie war bereits sehr alt und gebrechlich geworden. Tränen standen in den alten, müden Augen.

„Ich werde nie vergessen, was Sie für mich und meine Mutter getan haben. Gott schütze Sie ebenfalls. Ihr wart mir eine sehr liebevolle und gute Ersatzmutter."

Aurelia musste ihre Tränen unterdrücken. Sie wollte es Ophelia nicht noch schwerer machen, denn sie wusste sehr gut, dass die alte Frau sie ebenfalls sehr liebte und dies ihr letzter gemeinsamer Augenblick war. Auch wenn sie sich zutiefst nach der Welt dort draußen sehnte, war das Kloster doch lange Zeit ein zu Hause für sie gewesen und Mutter Ophelia ihre Ersatzmutter.

Sie drehte sich um, nahm ihr Gepäck und ging hinaus wo eine leichte einspännige Kutsche, mit einem älteren Mann auf dem Kutschbock, bereits auf sie wartete. Er nahm ihr die wenigen Habseligkeiten ab, stellte sich ihr als Vinzenz vor und half ihr einzusteigen.

Aufgeregt ließ sie sich auf den Sitz der Kutsche fallen. Endlich ging die Reise los. Sie hatte keine Angst vor der Zukunft und war unendlich neugierig auf ihren Großvater. Wie war er wohl? Würde er sie mögen? Oder würde er sie spüren lassen, was ihm seine Tochter angetan hatte und dass sie ein Bastard war.

Während sie im leichten Trab dahinfuhren, konnte sich das Mädchen kaum satt sehen an den Gebäuden, Landschaften und Wäldern, an denen sie vorbeifuhren. Auch die vielen unterschiedlichen Geräusche faszinierten sie. Welche Vielfalt an Geschöpfen es doch gab. Zum ersten Mal überkam sie eine undefinierbare Angst vor der Zukunft. Würde sie sich zurechtfinden? Aber dann siegte doch die Neugier und sie saugte alle Eindrücke, die an ihr vorbeizogen wie ein trockener Schwamm in sich auf. Endlich sah sie Rinder auf der Weide stehen und andere Menschen, die mit ihren Kutschen oder zu Pferd unterwegs waren.

Da sie erst nachmittags vom Kloster aufgebrochen waren und mit der Kutsche nicht so schnell vorankamen, übernachteten sie in einem der Gasthäuser, die auf ihrem Weg nach Birnau lagen.

Es war ein kleines Gasthaus, direkt am Weg gelegen. Rote Fensterläden zierten es und auf den Fensterbänken wuchsen rote Blumen in den Holzgefäßen, die dort standen. Das sah sehr hübsch aus. Aurelia liebte Blumen aller Art.

Vinzenz war ein liebenswürdiger, älterer Herr, vielleicht so um die fünfzig Jahre alt. Er trug ihre Habseligkeiten auf ihr Zimmer und machte ihr unmissverständlich klar, dass es sich für ein junges Fräulein nicht schicken würde das Zimmer zu verlassen. „Es gibt hier sehr raue Burschen mein Fräulein, die sich sehr gerne mit einem solch hübschen Mädchen vergnügen würden. Deshalb muss ich Euch bitten, das Zimmer nicht zu verlassen bis wir morgen früh weiterfahren. Ich werde Euch etwas zu essen aufs Zimmer bringen lassen. Ich muss mich jetzt aber erst um das Pferd kümmern." Mit diesen Worten ließ er Aurelia stehen und ging die steile Treppe zum Schankraum hinunter. Aurelia war das egal. Sie hätte gar nicht zu den Männern sitzen wollen die da unten Bier und Wein tranken und derbe Sprüche klopften. Männliche Wesen schüchterten sie ein, denn sie war den Umgang mit ihnen nicht gewohnt. Woher auch, sie war in einem reinen Frauenkloster aufgewachsen.

Kurze Zeit später klopfte es und eine ältere Frau brachte ihr Wein, Brot, Käse und etwas kalten Braten herauf. „Lasst es Euch munden kleines Fräulein. Das heiße Wasser für Euer Bad werde ich Euch gleich nach dem Essen bringen lassen." Aurelia bedankte sich höflich und staunte über die Vielfalt der leckeren Speisen. Das Essen im Kloster war eher karg gewesen und bot keine solche Vielfalt. Genüsslich ließ sie es sich schmecken und träumte gerade vor sich hin, als es wiederum klopfte und zwei Bedienstete große Kannen mit heißem Wasser brachten und in eine große Messingwanne gossen und sich dann wieder verabschiedeten mit der Bitte sich zu melden, falls sie noch etwas brauchen würde.

Sie legte den großen, schweren Riegel vor die Zimmertür, zog sich aus und legte ihr hübsches Reisekleid sorgfältig auf das weiche Bett. Nackt wie sie war, stellte sie sich vor den Spiegel, der dort an der Wand hing und betrachtete sich. Sie war schön anzuschauen. Die Brüste schwellten in jugendlicher Rosigkeit, der Bauch war flach und die Haut zart und straff und hatte die Farbe von einem etwas dunkleren Elfenbein. Ihre olivgrünen Augen funkelten und das blonde Haar fiel ihr in kurzen Locken über die Schultern. Bisher hatte sie es kurz tragen müssen, doch sie war dabei es wachsen zu lassen. Sie bemerkte, dass sie eine Gänsehaut bekam und stieg schnell ins warme Wasser. Welche Wohltat war es doch sich einfach in heißes Wasser zu legen. So etwas komfortables gab es im Kloster nicht.

Alle Sorgen und Gedanken fielen von ihr ab. Vom Wein war sie leicht besäuselt und spürte eine wohlige Müdigkeit. Sie schloss ihre Augen und versuchte sich abermals ihren Großvater vorzustellen, doch es wollte ihr einfach nicht gelingen. Seufzend stieg sie aus der Wanne, trocknete sich ab, schlüpfte in das herrlich weiche Bett. Kurz darauf war sie eingeschlafen.

Am nächsten Morgen erwachte sie vollkommen ausgeruht und war bereits fertig zur Weiterreise als der Kutscher Vinzenz an ihre Zimmertür klopfte.

„Zeit zur Weiterfahrt kleines Fräulein" rief er.

„Ich komme sofort". Sie öffnete die Tür, überreichte dem Kutscher ihr leichtes Gepäck und konnte kaum noch ihre Ungeduld zügeln. „Vinzenz, könnt Ihr mir sagen, wie lange es noch dauert bis wir auf dem Gestüt ankommen."

Der Mann lächelte sie an, half ihr galant in den Einspänner und erwiderte: „Wenn alles gut geht, dann werden wir heute am späten Nachmittag dort sein. Herr von Dorner erwartet Euch ebenso ungeduldig wie ihr darauf wartet ihn kennenzulernen. Glaubt mir. Er hat von nichts anderem mehr geredet, seit er weiß, dass es Euch gibt."

So fuhren sie dahin unter der zaghaften Frühlingssonne, die schon erstaunlich kräftig war. Die Forsythien blühten bereits und auf den Weiden sah man Kühe mit ihren Kälbern, Schafe mit ihren Lämmern und Pferde mit ihren Fohlen, genüsslich das grüne Gras verspeisen. Es schien eine vollkommen friedliche Welt zu sein. Woher sollte Aurelia auch von den Abgründen des menschlichen Geistes wissen die sich auftun können. Ihre Welt war bisher tatsächlich heil gewesen.

Die Nachmittagssonne war schon nicht mehr so kräftig und Aurelia begann zu frösteln, als der Kutscher ihr zurief, dass diese eingezäunten, riesigen Weiden bereits zum Gestüt Dorner Hof gehörten. Viele Stuten mit ihren übermütigen Fohlen konnte sie dort sehen. Ihre innere Aufregung nahm zu. Ein neuer Lebensabschnitt würde für sie beginnen.

Gestüt Dorner Hof

Aurelia kam aus dem Staunen nicht mehr heraus. Sie fuhren durch eine Allee von dicken, uralten, bereits in voller Blüte stehenden Kastanienbäumen. Kurz darauf kamen sie an zahlreichen Nebengebäuden und Stallungen vorbei und bogen dann auf eine breite, sorgfältig gekieste Auffahrt ein die zu einem hübschen Holzhaus mit zwei stattlichen Holzsäulen und wunderschönen, orientalisch anmutenden Erkern führte. Das Haus stand am Hang. Von dort hatte man sicher einen schönen Blick über das Gelände.

Die Räder der Kutsche knirschten auf dem Kies als die Kutsche zum Stehen kam.

Der Hausherr hatte sie schon gehört. Er rannte, so schnell es sein doch schon etwas fortgeschritteneres Alter erlaubte, auf die Kutsche zu und begrüßte Aurelia mit den Worten: „Mein liebes Kind, willkommen auf dem Dorner Hof. Lass Dich ansehen. Du bist genauso hübsch wie Deine Mutter. Ich bin so glücklich Dich endlich kennenzulernen." Georg drücke Aurelia so lange bis sie fast keine Luft mehr bekam. Beiden stiegen die Tränen in die Augen, die sie sich verstohlen wegwischten.

Als er ihr endlich Luft zum Atmen ließ, lachte Aurelia. „Die Freude liegt ganz auf meiner Seite Großvater. Endlich habe ich eine Familie und das an einem so wunderschönen Ort. Ich bin so glücklich, dass Du kein altes Ekelpaket bist." Überrascht von ihren eigenen offenen Worten, die ihr einfach so herausgerutscht waren, schlug sie sich auf den Mund. Wie konnte sie sich nur so danebenbenehmen.

Ein dunkler Schatten huschte über das Gesicht Georgs. „Du hast nur mich, kleine Aurelia. Deine Großmutter ist schon vor vielen Jahren gestorben, schon lange vor Deiner Mutter. Deshalb müssen wir Zwei jetzt zusammenhalten. Komm erst einmal herein. Ich bin so glücklich, dass Du da bist, und ein Ekelpaket bin ich bestimmt nicht." Jetzt lächelte er. Aurelia war froh darüber- Sie wollte ihn keinesfalls gleich in den ersten Minuten verärgern.

Georg scheuchte die Dienstboten, die herbeigeeilt waren weg und trug höchstpersönlich Aurelias Sachen in ein großes, helles Zimmer das in der oberen Etage des Hauses lag. „So Aurelia, das ist ab sofort Dein eigenes Reich. Ich hoffe, es gefällt Dir. Es war einmal das Zimmer Deiner Mutter.

Nebenan gibt es ein Boudoir mit Waschgelegenheit und Wanne. Wenn Du etwas brauchen solltest, ziehst Du einfach an dieser Schnur da. Es wird sofort Jemand zu Dir eilen. Nun mach Dich ein wenig frisch und dann komm herunter. Ich will Dich Jemandem vorstellen und dann essen wir gemeinsam." Aurelia nickte gehorsam.

Nachdem Georg von Dorner die Tür hinter sich zugezogen hatte, blickte sie sich in ihrem neuen Zimmer um. Kein Vergleich zu ihrer kargen Klosterzelle. Es war sehr gemütlich eingerichtet. Mitten im Zimmer stand ein riesiges Himmelbett mit Bettwäsche, die mit kleinen Röschen bestickt war. Die Vorhänge waren aus dem gleichen Stoff und sogar die Tischdecke die auf dem kleinen, runden Tischchen lag. Kleine zierliche Stühle standen darum herum und luden ein sich zu setzen. An der Wand hingen schöne Bilder mit orientalischen Szenen und Tiermotiven und auf dem Boden lagen kostbare, dicke, weiche Teppiche mit orientalischem Muster. Durch eine Verbindungstür kam man in einen kleinen Raum den man als Ankleidezimmer benutzen konnte. Dort stand eine riesige Messingbadewanne, eine große Waschschüssel auf einer schweren und stabil aussehenden Kommode. In der Ecke war der Raum abgeteilt durch einen wunderschönen Paravent aus dunklem Ebenholz mit eingeschnitzten Tiermotiven. Solche Tiere hatte sie noch nie gesehen. Hier konnte man sich wirklich wohlfühlen. Und sie war ihrer Mutter so nahe. Es war, als ob sie ihren Duft riechen und ihre Anwesenheit fühlen konnte. Vielleicht war sie tatsächlich da und wachte über sie. Welch schöner Gedanke.

Sie packte ihre wenigen Habseligkeiten aus und hängte das braune Reisekleid ihrer Mutter in den großen, schweren Eichenschrank. Es nahm sich etwas seltsam darin aus, da es fast ganz allein dort hing. Aber es würden sicher noch weitere Kleidungsstücke dazukommen.

Nachdem sie sich den Reisestaub abgewaschen hatte und ihre Locken gebändigt hatte, öffnete sie die Tür, spähte vorsichtig hinaus und ging die Treppe hinunter. Georg, der schon darauf gewartet hatte, rief: „Liebes Kind, Du brauchst Dich nicht zu fürchten, komm zu mir damit ich Dich unserem Personal vorstellen kann." In Richtung Küche gewandt rief er nach Maria, der Haushälterin und Köchin, die schon lange in seinem Dienst stand und schon viele Dramen in Georgs Leben mitbekommen hatte.

Etwas schüchtern ging Aurelia auf Georg zu. Er war auch mit seinen fast siebzig Jahren noch ein schlanker, stattlicher Mann mit einem hochgezwirbelten Schnurbart, den er anscheinend sehr pflegte.

Maria kam angelaufen und begrüßten sie höflich. „Herzlich Willkommen auf Gut Dorner Hof. Georg hat mir schon so viel über dich erzählt." Aurelia senkte die Augen, denn das war ihr etwas unangenehm.

„Und dies liebe Aurelia ist Deine persönliche Zofe Sara. Sie wird Dir jeden Wunsch von den Augen ablesen und ganz allein für Dich da sein. Du brauchst es ihr nur zu sagen, wenn Du etwas möchtest. Und Maria ist unsere Köchin, Haushälterin und gute Seele, die alles zusammenhält." Zu Maria gewandt sagte er: „Du kannst jetzt auftragen lassen damit wir uns stärken können nach all der Aufregung." Maria ging in die Küche, die ans Speisezimmer angrenzte, um die Vorspeise zu holen und zu servieren.

Der alte Mann nahm seine Enkelin am Arm und zeigte ihr den für sie vorgesehenen Platz, ihm gegenüber, in dem gemütlichen eingerichteten Speisezimmer mit einem großen Esstisch.

„Es ist für mich eine große Freude, Dir hier gegenüber sitzen zu dürfen. Nie hätte ich gedacht, dass ich ein Enkelkind habe. Aber nun hat der liebe Gott ein Einsehen mit einem alten Mann wie mir gehabt und mir noch etwas Freude in mein Leben geschickt." Tränen der Rührung standen ihm in den Augen und er versuchte verzweifelt diese zu unterdrücken. „Du musst mir alles erzählen liebe Aurelia. Willst Du das oder ist es zu schmerzhaft für Dich?"

„Lieber Großvater, da gibt es nicht viel zu erzählen. Meine Mutter ist bei meiner Geburt gestorben. Ich habe sie nie kennenlernen dürfen. Die Nonnen waren so freundlich mich großzuziehen. Aber ich kenne nichts, außer das Klosterleben. So oft habe ich mich nach einer Familie gesehnt und nach einer Welt außerhalb der Klostermauern. Ich habe mich oft so einsam gefühlt. Mutter Ophelia, das ist die Mutter Oberin des Klosters, hat mir an meinem sechzehnten Geburtstag ein paar Habseligkeiten und einen Brief von meiner Mutter gegeben. Darin schrieb sie, dass ein Mann namens Pedro de Fernandez sie vergewaltigt hat und dass sie schwanger wurde. Da sie Dir keine Probleme bereiten wollte ist sie weggelaufen. Sie hatte allerdings wohl die Absicht wieder heimzukehren nach meiner Geburt. Aber dazu ist es leider nicht mehr gekommen."

„Dieser verflixte, unverschämte Kerl" fluchte Georg. „Hätte ich damals gewusst, was mit meinem Mädchen passiert ist, dann hätte ich diesen Mann zur Verantwortung gezogen. Ich hätte Laura doch niemals weggeschickt oder sie verleugnet. Es hat mir damals fast das Herz gebrochen als sie plötzlich weg war und ich sie nicht mehr finden konnte. An diesen Kerl habe ich dabei nicht gedacht. Aber nun lass uns erst einmal etwas essen damit Du zu Kräften kommst. Außerdem bin ich froh nicht mehr allein essen zu müssen. Dieses Thema ist wahrlich ärgerlich und ehrlich gesagt, will ich gar nicht mehr darüber nachdenken. Es ist schmerzhaft genug. Versuchen wir nur noch an die Zukunft zu denken, wenn das für Dich in Ordnung ist." Aurelia nickte. Ja es war in der Tat sehr schmerzhaft. Sie würde irgendwann später einmal wieder nachfragen und ihn bitten, ihr mehr über ihre Mutter zu erzählen, denn sie wollte alles über Laura erfahren.

Nach der sehr schmackhaften Gemüsesuppe, die mit Zitrone und Kräutern abgeschmeckt worden war und sehr gut gemundet hatte, trug Maria eine silberne Platte herein. Darauf lag ein gefüllter Fasan mit Maronen und Gemüse. Aurelia staunte, was ist das denn für ein Vogel. Unsere Hühner sahen ganz anders aus. Georg lachte. „Das mein liebes Kind ist eine Delikatesse. Man nennt diese Vögel Fasane und ich züchte sie. Zugegeben, es gibt sie auch in der Natur und ich könnte sie jagen gehen, aber das ist mir zu anstrengend. Außerdem sind sie wunderschön anzuschauen. Hinter dem Haus gibt es ein großes Gehege mit Goldfasanen. Der dazugehörige Garten ist allerdings etwas verwildert. Es war mir nicht so wichtig ihn gepflegt zu halten, das hat immer Deine Großmutter gemacht.

Nach dem Essen seufzte Aurelia zufrieden. „So gut habe ich in meinem Leben noch nicht gegessen. Ich werde hier bestimmt kugelrund."

Georg der satt und zufrieden seine Pfeife anzündete konnte sich ein Grinsen nicht verkneifen. „Komm lass uns ins Kaminzimmer gehen. Wir können uns noch ein bisschen unterhalten und dann muss ich ins Bett. Ich muss morgen früh raus."

„Wieso musst Du so früh aufstehen?" fragte Aurelia verwundert. „Du bist doch nicht im Kloster."

Georg musste lachen. „Das meine Kleine werde ich Dir morgen früh zeigen, denn ich werde Dich wecken lassen. Schließlich musst Du als meine Nachfolgerin alles über das Gestüt und die Pferde lernen und wer weiß wieviel Zeit mir noch bleibt Dir all das beizubringen. Außerdem musst Du reiten lernen. Soll ich Dir noch etwas über Deine Mutter erzählen?"

Als Aurelia nickte, begann er ihr alles über die Kindheit Lauras zu erzählen bis zu jenem Tag an welchem Laura auf so tragische Weise verschwunden war. „So mein Fräulein, jetzt genug der traurigen Erinnerungen. Es ist Zeit ins Bett zu gehen. Du hast morgen einen anstrengenden Tag vor Dir. Schlaf gut." Er beugte sich zu ihr und gab ihr einen Kuss auf die Stirn. Dann verabschiedete er sich ins Bett.

Das Mädchen erhob sich ebenfalls und ging in ihr Zimmer hinauf. Tausend Gedanken gingen ihr durch den Kopf, denn nun wusste sie zwar einiges über ihre Mutter Laura, jedoch nichts über ihren Vater, nur seinen Namen. Sie hasste ihn dafür was er ihrer Mutter angetan hatte. Es dauerte deshalb eine Weile bis sie endlich in einen traumlosen, tiefen Schlaf fiel.

Als es am nächsten Morgen heftig an ihrer Tür klopfte, hätte sie sich gerne noch einmal umgedreht und weitergeschlafen. Aber durch ihre Zeit im Kloster war sie strenge Disziplin gewohnt und schwang ihre Beine aus dem Bett. Sie war gespannt, was ihr Georg heute alles zeigen würde.

Sara, ihre Zofe, steckte den Kopf zur Tür herein. „Herr von Dorner schickt Euch dieses Reitkostüm. Es ist für einen Spaziergang durch das Gestüt zweckmäßiger als Euer Kleid. Soll ich Euch beim Anziehen behilflich sein?"

Aurelia, der es peinlich war sich vor einer anderen Frau auszuziehen, verneinte. „Aber Du könntest mir frisches Wasser bringen, damit ich mich waschen kann."

Die Zofe schloss die Tür und Aurelia zog sich wie der Blitz an und war bereits fast fertig als Sara ihr das gewünschte Wasser brachte.

„Euer Großvater sitzt bereits beim Frühstück. Also beeilt Euch bitte" meinte Sara.

Aurelia wusch sich schnell und eilte dann hinunter zu Georg, um in nicht länger warten zu lassen. Fröhlich rief sie: „Guten Morgen Großvater, was steht denn heute auf dem Programm?"

Erfreut über ihre gute Laune entgegnete Georg: „Das Kostüm steht Dir sehr gut. Nun frühstücke erst einmal ordentlich, denn nachher machen wir einen Rundgang über das Gestüt. Bist Du schon mal auf einem Pferd gesessen?" Im gleichen Moment korrigierte er sich: „Ach was rede ich alter Schwachkopf denn für dummes Zeugs. Wie hättest Du im Kloster auch auf einem Pferd sitzen können. Dann wirst Du wohl reiten lernen müssen."

Dem Mädchen wurde es etwas mulmig zumute als sie sich vorstellte auf so ein wackeliges Geschöpf zu steigen. Aber sie hatte gesagt, dass sie es lernen wollte. Nicht gerade begeistert sagte sie: „Wenn Du meinst Großvater." Dann vertiefte sie sich darin ihre Rühreier mit knusprigem Speck zu verspeisen.

Obwohl sie versuchte langsam zu essen, um noch etwas Zeit zu schinden, kam der Zeitpunkt, an dem sie satt war und so war das Frühstück beendet. „Also gut" sagte sie. „Lass und gehen. Ich bin bereit."

Es klang nicht mehr so begeistert wie gestern, denn sie hatte bereits einen leichten Hauch einer Ahnung was sie alles noch zu lernen hatte und davor hatte sie etwas Angst. Doch als sie hinausgingen und sie das Gestüt in seiner ganzen Größe überblicken konnte, war sie doch überwältigt von diesem Anblick. Sogar bis zum Bodensee sah man von hier aus. Weiter oben am Hang musste der Ausblick noch atemberaubender sein als er es jetzt schon war.

Gemeinsam gingen sie den schmalen Fußweg auf der rechten Seite hinunter. Dieser führte direkt zu einem langgezogenen Stallgebäude. Als sie eintraten wieherten ihnen die Pferde entgegen, um sie zu begrüßen. Georg zeigte Aurelia jedes einzelne Tier und sie staunte über die klangvollen Namen dieser Pferde, die ihre edle Herkunft bezeugten. An jeder Box war ein Schild mit dem Namen des Tieres und seiner Eltern und dem Geburtsdatum angebracht. „Nun meine Liebe, such Dir eins aus," lächelte Georg.

Aurelia ging den Gang auf und ab und konnte sich nicht entscheiden. Sie waren Alle wunderschön. „Georg bitte hilf mir. Wie soll ich denn wissen, welche der Stuten zu mir passt und welche lieb und zahm ist und mich nicht gleich abwirft? Ich habe doch keine Ahnung von Pferden und worauf es ankommt."

Der alte Mann schmunzelte: „Also gut. Wenn Du meine Meinung hören willst, dann nimmst Du diese bildhübsche Fuchsstute. Ihr Name ist

Aamaal, das heißt Hoffnung. Sie ist sehr umgänglich und hat einen schönen weichen Gang. Genau das richtige Pferd um reiten zu lernen."

Aurelia näherte sich dem Pferd vorsichtig und streichelte der Stute über den zierlichen Kopf mit den großen, treuen, schwarzen Augen. In die aufgestellten und zugewandten Ohren flüsterte sie: „Wir werden gute Freundinnen meine Schöne, oder was denkst Du."

Georg wurde ungeduldig: „Komm, Du hast noch lange nicht alles gesehen. Nun gehen wir zu den Hengsten. Sie sind in einem anderen Gebäude untergebracht, denn sie würden die Stuten und Fohlen nur stören."

Fröhlich plaudernd gingen sie weiter und gelangten bald zu einem Gebäude, welches sich äußerlich nicht wesentlich von den anderen unterschied. Sie gingen hinein und blieben vor einer großen Box stehen.

„Schau Dir den genau an. Ist er nicht prachtvoll?" Aurelia trat ehrfurchtsvoll an die Box heran und betrachtete den edlen Schimmel. Es war ein schöner Anblick wie dieser Hengst vor ihr stand. Seine großen, schwarzen Augen mit den wunderschönen, langen Wimpern bildeten einen herrlichen Kontrast zu dem zierlichen weißen Kopf und dem mit Muskeln bepackten Pferdekörper. Der Inbegriff purer Männlichkeit der nur so vor Kraft strotzte. Sie musste zugeben, sie war fasziniert von diesem Tier, auch wenn ihr die Kraft des Pferdes etwas Angst machte.

„Er ist wunderschön Großvater. Wo hast Du ihn gefunden?"

„Kind, das ist eine lange Geschichte. Komm, lass uns erst einmal hierher sitzen."

Sie setzten sich auf eine Bank, die im Stallgang stand und Georg erzählte von seinen Reisen durch Ägypten und dem restlichen Orient und wie er einen seiner Vollblut Stammväter damals bei einem der Reiterspiele dort entdeckt hatte. Es war schwierig gewesen den Besitzer zum Verkauf zu überreden, aber für eine ziemlich große Summe war er dann doch bereit gewesen sich von dem Pferd zu trennen. Allerdings hatte man auf der Heimreise nach Deutschland mehrmals versucht das Tier zu stehlen und Georg hatte dabei einige seiner besten Männer verloren. „Es war wirklich ein Abenteuer. Aber es hat sich gelohnt. Denn Estawan Ibn Al Rashid war die beste Investition, die ich jemals gemacht habe. Er ist ein Top Vererber und hat bereits viele Fohlen gezeugt. Eines schöner als das andere. Nun ist er allerdings im Ruhestand. Er war vermutlich der eigentliche Grund, weshalb sich Dein Vater Don Pedro damals Deiner Mutter gegenüber so schändlich benahm. Er wollte den Hengst damals unbedingt kaufen. Ich konnte ihn aber nicht hergeben, weil er unser bester Zuchthengst und damit mein Kapital war. Ein Gestüt ist abhängig von der Qualität seines Pferdenachwuchses. Er hat seine Wut damals an Deiner armen Mutter ausgelassen. Das ist furchtbar tragisch, aber ich bin ehrlich gesagt froh, wenigstens Dich zu haben, egal wie Du entstanden bist."

Sie gingen weiter. Dieser Hengst hier ist einer seiner jüngsten Söhne. Darf ich vorstellen. Das ist Djamal Ibn Estawan. Djamal bedeutet der Schöne. Wenn er sich bewegt, denkst Du, dass ein Orkan um Dich wirbelt, so viel Temperament hat dieses Pferd. Er ist genauso schön wie sein Vater oder fast noch schöner und ersetzt ihn nun als Zuchthengst. Auch er wird wundervolle Fohlen zeugen und somit ist der Fortbestand des Gestüts durch ihn gesichert. Also wirst Du beste Voraussetzungen haben, um meine erfolgreiche Nachfolgerin zu werden."

Georg hatte recht. Sie sah da ein wunderschönes Pferd vor sich stehen. Zartgliedrig gebaut und doch muskelbepackt, vor männlicher Eleganz und Kraft strotzend. Nun verstand sie, weshalb manche Menschen so fasziniert waren von diesen Vollblutpferden und sie hatte plötzlich keine Angst mehr davor auf eines dieser Geschöpfe zu steigen und reiten zu lernen.

Aurelia ging mit ihrem Großvater zusammen einen kleinen Hügel hinauf, bis Georg stehen blieb. Er breitete die Arme aus und erläuterte Aurelia die Grenzen und die Weideflächen des Gestüts.

„Siehst Du diese riesigen Flächen? Das alles gehört zu unserem Besitz und eines Tages wird es Dir gehören. Wie froh bin ich doch, dass Du da bist. Aber komm, ich glaube es ist Zeit zu Mittag zu essen. Maria kann es nicht leiden, wenn man zu spät kommt."

Gemütlich gingen sie zum Haus zurück, wo Maria tatsächlich schon ungeduldig auf sie wartete, um das Mittagessen zu servieren.

„Was gibt es denn heute Maria?" fragte Aurelia.

„Kartoffelsuppe mit Speck, Hase in Rotwein und Mandelpudding," kam es wie aus der Pistole geschossen.

„Hmm, da läuft einem ja das Wasser im Mund zusammen." Es war schön sich so verwöhnen zu lassen und Aurelia genoss es sehr.

Nach dem Essen fragte sie Georg: „Würde es Dir etwas ausmachen, wenn ich mich noch etwas ausruhe? Und danach könnten wir vielleicht mit den Reitstunden beginnen, oder was denkst Du?"

Georg musste über ihren Eifer lachen. „Natürlich gerne, wenn Du das möchtest. Dann fangen wir gleich heute damit an. Wir haben schließlich viel aufzuholen. Geh aber ruhig und ruh Dich noch etwas aus. Ich sehe ein, dass das alles hier etwas viel für Dich ist. Es ist vollkommenes Neuland für Dich."

Sie ging in ihr Zimmer hinauf, legte sich aufs Bett und war fast sofort eingeschlafen. Als sie nach gut einer Stunde wieder erwachte fühlte sie sich frisch, ausgeruht und bereit für neue Abenteuer.

Schnell rannte sie die Treppe hinunter, um ihren Großvater zu suchen.

Sie fand ihn draußen vor dem Haus mit einer Pfeife im Mund. Er saß auf einer kleinen grünen Bank und genoss die Frühlingssonne.

„Riecht gut Großvater. Bist Du bald fertig? Ich bin so aufgeregt."

Georg lächelte, klopfte seine Pfeife aus und schob sie in seine Tasche. „Also gut, dann lass uns zu Deinem Stütchen gehen."

Er konnte kaum Schritt halten so eilig hatte sie es in den Stall zu kommen. Doch als sie vor Aamaals Box stand, wurde ihr doch bewusst, dass sie eigentlich noch gar keine Ahnung hatte, wie man mit solch einem Tier umging und was jetzt zu tun war.

Georg zeigte ihr zuerst die Sattelkammer, drückte ihr ein hübsches, rotes Zaumzeug in die Hand und nahm selbst den leichten Reitsattel herunter. Den Sattel legte er auf Aamaals Boxenwand, nahm Aurelia das Zaumzeug ab und bat seine Enkelin mit ihm in die Box zu kommen.

„Zuerst musst Du Aamaal an Dir schnuppern lassen, sie streicheln und immer leise mit ihr sprechen. So lernt sie Dich besser kennen und weiß, dass sie keine Angst vor Dir haben muss. Dann nimmst Du das Zaumzeug so wie ich es jetzt halte, suchst die Lücke im vorderen Bereich ihres Gebisses, drückst ihr sanft das Maul auf, schiebst ihr dieses Metallteil – genannt Trense – zwischen die Zähne und streifst ihr das Zaumzeug über die Ohren. Siehst Du? Du brauchst keine Angst davor zu haben. So und nun probiere es selbst aus."

Er nahm Aamaal das Zaumzeug wieder ab und drückte es Aurelia in die Hand. Es war anfangs gar nicht so einfach, aber nach ein paar Versuchen ging es schon recht gut. Das Pferd war sehr geduldig und blieb ruhig stehen.

„Gut mein Kind. Nun zum nächsten Schritt. Du nimmst zuerst die Satteldecke und legst sie sanft auf ihren Rücken. Die Haare darunter müssen immer glatt liegen sonst bekommt sie Satteldruck. Dann kommt der Sattel darauf. Man zieht den Sattelgurt unter dem Bauch durch und zieht fest an. Das musst Du nach ein paar Minuten nochmals machen, denn manche Pferde blasen sich auf, wenn Du sie sattelst und dann rutscht der Sattel wenn Du nicht nachgurtest. Die richtige Länge der Steigbügel kannst Du einstellen, indem Du den Steigbügel genauso lang machst wie Deinen Arm. Siehst Du? So, und nun führ sie raus. Wir gehen auf den Sandplatz." Georg drückte ihr die Zügel in die Hand.

Vorsichtig führte Aurelia ihre Stute hinaus. Einerseits war es ein schönes Gefühl den Atem des Tieres im Nacken zu spüren. Gleichzeitig fühlte sie jedoch auch ein ängstliches Kribbeln in ihrem Bauch.

Auf dem Sandplatz angekommen zeigte ihr Georg wie sie richtig aufsteigen musste, nahm sie sicherheitshalber an die Longe und ließ sie zunächst ein paar Runden im Schritt reiten. Er korrigierte ihren Sitz und zeigte ihr alles, was sie wissen musste. „Und der Rest ist reine Übung," sagte er.

Nach etwa einer Stunde meinte Georg: „Nun lassen wir es genug für heute sein. Das machen wir jetzt jeden Tag damit Du sicherer und vertraut mit Deinem Pferd wirst. Morgen wirst Du allerdings erst einmal Muskelkater haben."

Aurelia versuchte abzusteigen. Aber bereits jetzt tat ihr jeder einzelne Muskel weh. Auch solche von denen sie gar nichts gewusst hatte. Der alte Mann lachte herzhaft über ihren schwankenden Gang. Es fühlte sich an, als ob sie nach einer Seereise wieder festen Boden unter den Beinen hatte. Sie führte Aamaal zu ihrer Box, sattelte und zäumte sie ab und schmuste noch etwas mit ihr. Sie strich ihrer Stute sanft über die weiche Nase und blies ihr sanft in die Nüstern. Wir werden gute Freunde werden mein Pferdchen. Dann ging sie steif und erschöpft in die Sattelkammer, um alles aufzuräumen.

„Tut mir leid Großvater, aber jetzt brauch ich erst mal eine Pause. Ich mach noch einen kleinen Spaziergang an der frischen Luft."

Müde ging sie den kleinen Hügel zum Wäldchen hinauf und ließ sich dort ins Gras fallen. Oh Gott, ist das anstrengend sagte sie zu sich selbst. Aber auch wunderschön. Der enge Kontakt mit einem so schönen Lebewesen gefiel ihr.

Von da an ritt sie jeden Tag und ihre Sicherheit auf dem Rücken des Pferdes wuchs von Tag zu Tag. Zwischen Aamaal und ihr wuchs eine zarte Freundschaft und sie genoss bald das Gefühl auf dem Pferderücken zu sitzen, mit dem Körper des Tieres zu verschmelzen und im gestreckten Galopp über die weite Landschaft dahinzufliegen. Vergessen waren die Zeiten im Kloster und sie war unendlich glücklich hier endlich ein zu Hause gefunden zu haben, wo man sie liebte und wertschätzte.

Eines Abends, als Georg und sie im gemütlichen Kaminzimmer saßen, in welchem er sie jeden Abend über Ernährung, Vererbung und sonstige Pferdeangelegenheiten unterrichtete, zeigte er ihr einen Brief. „Stell Dir vor, wir bekommen Besuch. Ich habe einen Brief aus Frankreich erhalten. Ein junger Mann hat von unserer Zucht gehört und will einige Pferde kaufen. Er wird irgendwann in den nächsten Tagen eintreffen."

Aurelia freute sich darauf, dass es endlich ein bisschen Abwechslung geben würde. Denn so sehr sie ihren Großvater auch liebgewonnen hatte und auch das Leben mit den Pferden liebte, so war es hier doch auch sehr einsam für ein junges, heranwachsendes Mädchen, das inzwischen kurz vor ihrem einundzwanzigsten Geburtstag stand.

Sie wohnte jetzt schon fast fünf Jahre auf Gestüt Dorner Hof und hatte viel über Araberpferde gelernt. Die Zeit war so unglaublich schnell verflogen und bald würde sie volljährig sein. Georg bestand darauf, jeden Abend im Kaminzimmer den Tag ausklingen zu lassen. Wenn er sie nicht unterrichtete, dann erzählte er ihr oft von ihrer Mutter und von ihrer verstorbenen Großmutter Anna, die er sehr geliebt hatte oder vom Aufbau seines Gestüts und seinen vielen Reisen.

Als einige Tage später zwei Reiter die Allee heran geritten kamen war sie doch sehr aufgeregt. Sie eilte zu den Stallungen hinunter, um Georg zu suchen. „Großvater komm schnell. Ich glaube unser Besuch kommt."

Georg von Dorner eilte so schnell er konnte zum Haus hinauf. Dort waren die Neuankömmlinge gerade dabei abzusteigen. Er begrüßte die beiden Männer mit den Worten: „Herzlich Willkommen auf Gestüt Dorner Hof meine Herren. Ich hoffe, Sie hatten eine gute Reise"

Die beiden gut Männer verbeugten sich. Einer von den Beiden war sehr elegant gekleidet und stellte sich als Raoul de Toussant vor. Er hatte seinen Knappen Jean mitgebracht. „Es ist mir eine Freude Sie kennen zu lernen Herr von Dorner. Und wer ist die hübsche Dame an ihrer Seite?"

Georg war verlegen. „Darf ich Ihnen meine Enkelin Aurelia von Dorner vorstellen? Sie ist die Dame des Hauses."

Aurelia machte einen Knicks. „Sehr erfreut meine Herren. Ich hoffe, Sie werden einen schönen Aufenthalt hier haben und ein paar schöne Pferde für sich finden Monsieur de Toussant. Woher können Sie denn so gut unsere Sprache?"

Raoul lächelte. „Meine Mutter ist in Deutschland geboren und deshalb bin ich zweisprachig aufgewachsen. Sie dachte, dass das gut für mich wäre, was sich auch schon oft bewahrheitet hat. Mehrere Sprachen zu sprechen ist doch sehr hilfreich."

Während Raoul erzählte, betrachtete Aurelia ihn neugierig. Er hatte ein hübsches Gesicht mit einem markanten Kinn und einer etwas nach unten gebogenen Nase. Seine Augen waren tiefblau wie Kornblumen, wirkten aber etwas kühl und distanziert. Die braunen Haare trug er nackenlang und gewellt. Trotz seiner großen und schlanken Gestalt schien er muskulös gebaut zu sein. Sie brauchte keine Männerkennerin zu sein, um dies zu bemerken. Er trug eine schwarze Hose, ein weißes Hemd, eine goldbestickte Weste und ein Jackett, das die Farbe von blühenden Kornblumen hatte und genau zu seinen Augen passte. Es schien ihr, als ob er sich seines guten Aussehens sehr wohl bewusst war.

Auch Raoul nahm für einen Augenblick seine Umgebung nicht mehr wahr. Er betrachtete sie fasziniert und für einen Moment versank er in ihren olivgrünen Augen. Sie war ausgesprochen

schön, obwohl sie nur ein einfaches Kleid aus ge-
blümter Baumwolle trug und etwas Natürliches
und Unschuldiges ausstrahlte. Die goldblonden
Haare hatte sie locker aufgesteckt.

Georg, der bemerkt hatte, dass es zwischen den
beiden jungen Leuten gleich eine gewisse Sym-
pathie gab, räusperte sich. „Entschuldigung
meine Herren, darf ich Ihnen Ihre Pferde abneh-
men? Ich werde sie zu den Stallungen bringen.
Sie möchten sich sicher erst noch etwas frisch
machen Raoul, ich darf Sie doch so nennen?"

Raoul lächelte: „Aber gerne, dann nenne ich sie
einfach Georg."

Zu Aurelia gewandt sagte Georg: „Zeig unseren
Gästen doch bitte ihre Zimmer, dann können sie
sich noch etwas frisch machen und ausruhen bevor wir essen."

Aurelia bat die Herren ihr zu folgen und ging mit
ihnen die Treppe hinauf zu den Zimmern. Zuerst
zeigte sie Jean sein kleines Reich, dann ging sie
mit Raoul zu dessen Zimmer und öffnete die Tür.

„Bitte schön Monsieur de Toussant, machen Sie
es sich gemütlich. Sara, meine Zofe, wird sie
nachher abholen, wenn das Essen fertig ist."

Sie nickte dem jungen Mann zu und rannte die Treppe hinunter. Dort traf sie auf Sara die neugierig fragte, wie denn die Herren so seien. Aurelia schaute sie an und meinte nur, „sehr attraktiv." Dann ging sie hinaus und setzte sich auf die kleine Bank unter die Kletterrosen, die schon in voller Blüte standen. Sie musste ein bisschen durchatmen, um sich zu beruhigen. Dieser Raoul war schon sehr attraktiv, ihr Herz klopfte immer noch heftig. Doch nach und nach beruhigte sie sich. Das wäre noch schöner, wenn sie sich so aus dem Konzept bringen lassen würde, dachte sie bei sich.

Als Georg, nach einer gefühlten Ewigkeit, wieder zum Haupthaus hinauf ging sah er seine Enkelin auf dem grünen Bänkchen vor dem Haus sitzend. Er zwinkerte. „Und, wie findest Du unsere Gäste?"

Aurelia lächelte verschämt. „Sehr nett." Mehr sagte sie nicht und schlug die Augen nieder. Georg ging schmunzelnd ins Haus und rief nach Maria, um nachzufragen wie weit sie mit dem Kochen sei. „Gleich fertig. Du kannst Sara schon schicken die Gäste zu holen."

Dies ließ Georg sich nicht zweimal sagen, denn er hatte Hunger. Außerdem brannte er darauf

Neuigkeiten von der Welt da draußen zu erfahren. Jean würde mit Sara und Maria zusammen in der Küche essen. Georg erhob sich als Raoul den Raum betrat und platzierte ihn gegenüber von Aurelia.

Maria hatte den langen Tisch mit hübschen Rosengestecken geschmückt und liebevoll eingedeckt. Während sie das Essen auftrug und servierte entwickelte sich eine angenehme Tischkonversation. „Darf ich fragen, wie Sie von unserem Gestüt gehört haben lieber Raoul?" fragte Georg.

„Sie unterschätzen ihren Bekanntheitsgrad mein lieber Georg. In Frankreich und Spanien kennt man ihre Leistungen auf dem Gebiet der Pferdezucht sehr wohl. Ich habe einmal eines ihrer Pferde bei einem Rennen in Bordeaux laufen sehen. In Frankreich werden Araberpferde oft zu Rennpferden ausgebildet. Ich glaube hier ist das noch nicht so bekannt. Bereits damals war ich schwer beeindruckt und wollte sie unbedingt einmal besuchen, hatte aber nie die Zeit dafür. Es ist ja doch eine längere Reise. Nun brauche ich allerdings unbedingt frisches Blut für unsere Herde, denn fast die Hälfte unserer Pferde sind an einer Seuche zugrunde gegangen und das hat mich fast

an den Rand des Ruins gebracht. Wir brauchen
dringend gutes Zuchtmaterial. Eventuell auch
gerne schon tragende Stuten."

Aurelias Großvater und Raoul tauschten noch
eine Weile ihre Fachkenntnisse aus. Das Mädchen verhielt sich mucksmäuschenstill und war
neugierig, was Raoul wohl noch alles über sich
preisgeben würde. Doch sie sprachen hauptsächlich über Pferde.

Währenddessen bahnte sich zwischen Sara und
Jean etwas an, denn der junge Mann hatte sich
beim ersten Blick in die Zofe verliebt. Sara war
klein und zierlich. Eine niedliche Stupsnase mit
vielen Sommersprossen zierte ihr etwas rundli-
ches Gesicht. Sie weckte sofort den Beschützer-
instinkt des großen, stattlichen Burschen. Beim
gemeinsamen Essen in der Küche sah er Sara tief
in die Augen. Maria registrierte es belustigt. Sie
seufzte innerlich, denn es hatte sich schon lange
kein männliches Wesen mehr für sie interessiert.
Aber sie hatte nun einmal andere Qualitäten, welche die Herrschaften zu schätzen wussten und das
befriedigte sie sehr. Früher hatte es auch einige
Liebschaften bei ihr gegeben, doch dann hatte sie
geheiratet und ihr Mann war leider recht früh gestorben. Kinder hatte sie leider keine. Hier auf

dem Gestüt hatte sie ein schönes Zimmer, immer genügend zu essen und man brachte ihr viel Herzenswärme entgegen. Was wollte sie mehr. Außerdem war sie inzwischen zu alt für solch unnötigen Liebeswirrwarr. Sie würde mit Sara nachher noch ein ernstes Wörtchen reden über Männer und ihre Absichten. Nicht dass sie noch unverhofft schwanger werden würde.

Am Nachmittag führte Georg seinen jungen Kunden durch die Stallungen und Raoul suchte sich zwei bereits tragende Vollblutstuten aus. Dies würde helfen seine Zucht recht schnell wieder aufzubauen. Natürlich zeigte er ihm auch seinen jungen Zuchthengst und Vater der Fohlen.

Wie alle Menschen, die den Vollblutaraber Djamal das erste Mal zu Gesicht bekamen, war auch Raoul de Toussant vom Anblick des Hengstes fasziniert.

„Darf ich vorstellen, das ist Djamal Ibn Estawan. Er ist einer der Söhne des berühmten Araberhengstes Estawan Ibn Al Rashid den ich vor vielen Jahren aus dem Libanon mitgebracht habe. Das war wahrlich ein richtiges Abenteuer damals und wir sind knapp mit dem Leben davongekommen. Aber das werde ich Ihnen heute Abend bei einem schönen Glas Cognac im Kaminzimmer erzählen, wenn Sie mögen."

„Ich habe tatsächlich schon viel über diesen großartigen Hengst gehört. Hat sich nicht auch Jemand vom spanischen Hof einmal für Estawan interessiert? Man erzählt sich da wilde Geschichten," sagte Raoul beiläufig. „Man hört so einiges, wenn man am Hof verkehrt. Vieles ist auch nur Getratsche. Dort gibt es viel zu viel Müßiggang und die Leute kommen auf die seltsamsten Geschichten."

Georg, dem die Bilder der Vergangenheit wieder vor seinem geistigen Auge auftauchten, versuchte gar nicht erst auf dieses Thema einzugehen, denn es war zu schmerzhaft. Er ging mit seinem Gast schnell weiter. „Ja, da haben Sie sicher Recht, aber ich kann ja nicht meine besten Zuchthengste verkaufen, sonst kann ich gleich mein Gestüt aufgeben, denn sie sind für den Erfolg und Erhalt meines Gestüts unerlässlich. Das verstehen Sie sicher sehr gut.

„Entschuldigen Sie Georg, ich wollte Sie nicht verärgern". Raoul hatte sofort bemerkt, dass er mit diesem Thema einen wunden Punkt getroffen hatte. Aber trotzdem hatte er erfahren, was er wissen wollte. Auch heute noch war der alte Mann nicht geneigt einen Hengst aus dieser Blutlinie zu verkaufen. Er konnte dies auch verstehen, denn sie waren eine wertvolle Zuchtgrundlage und wichtig für den Erfolg. Wie schade. Er musste sich etwas einfallen lassen. Vielleicht konnte ihm das Mädchen dabei helfen. Es würde ihm nicht schwer fallen so zu tun, als hätte er sich unsterblich in Aurelia verliebt, schließlich war sie bildschön. Er beschloss Aurelia mit aller Kunst zu umwerben. Sie schien unerfahren zu sein, er würde deshalb ein leichtes Spiel mit ihr haben, denn er hatte schon so einige Erfahrungen mit Frauen gemacht.

Vertieft in seine Gedanken hatte er deshalb gar nicht bemerkt, dass Aurelia neben ihn getreten war. „Und, Monsieur de Toussant, haben Sie schon einige Pferde gefunden, die Ihnen zusagen?"

„Selbstverständlich mein schönes Fräulein. Am liebsten würde ich sie alle mitnehmen und ich muss gestehen, die Auswahl ist mir schwergefallen. Doch ich habe mich bereits für zwei ihrer tragenden Stuten entschieden." Zu Georg gewandt sagte er: „Würden Sie mir gestatten mit dem jungen Fräulein auszureiten?"

Georg war zwar nicht wohl in seiner Haut, denn er dachte an Pedro de Fernandez und seine Tochter Laura und die Vorkommnisse von damals. Doch er wollte sich die Geschäftsbeziehung zu Raoul erhalten, denn er schien in der Pferdewelt gute Beziehungen zu haben. Also nickte er. „Allerdings habe ich eine Bedingung. Es wäre mir recht, wenn einer der Stallknechte mitreiten würde. Aurelia ist noch nicht so sicher im Umgang mit Pferden. Dies war eine kleine Notlüge, denn die junge Frau konnte inzwischen reiten wie der Teufel."

Raoul nickte: „Einverstanden. Wir könnten dann nach dem Essen vielleicht ein wenig ausreiten. Ist Ihnen diese Zeit angenehm mein Fräulein?"

Aurelia nickte und eilte davon. Sie wollte nicht, dass er sah, wie sie vor Glück strahlte, denn sie hatte sich bereits in den gutaussehenden, charmanten Mann mit den feinen Manieren verliebt.

Nach dem Mittagessen gingen die beiden jungen Menschen zu den Stallungen hinunter. Die Pferde standen schon gesattelt im Stallgang und der Stallbursche wartete ebenfalls, um hinter ihnen her zu reiten. Sie ritten im Schritttempo den Hügel zum Wald hinauf. Es war ein schöner Augusttag und sie spürten die warmen Sonnenstrahlen auf ihrem Gesicht. Ein laues Lüftchen wehte und Aurelia fand es genau richtig, um Raoul ihre Lieblingsstelle oberhalb des Sees zu zeigen. Georg hatte Karim als Aufpasser mitgeschickt, denn er wusste, dass er sich auf seinen Stallburschen verlassen konnte und er seine Enkelin mit Leib und Leben beschützen würde, wenn es nötig sein sollte.

Nach einer halben Stunde kamen sie an eine Waldlichtung. Diese Wiese war ein einziger Teppich aus Schafgarbe und anderen Wildblumen. Die Wasseroberfläche des Sees schimmerte glitzernd durch die Bäume. Raoul bat den Stallknecht kurz bei den Pferden zu bleiben als sie abgestiegen waren.

Natürlich hatte er bemerkt, dass Aurelia ihn anhimmelt. Wie hätte ein junges, unschuldiges Mädchen auch diesem welterfahrenen, gutaussehenden Mann widerstehen können. Er hatte schon so einige Eroberungen gemacht, denn er war kein Kostverächter. Deshalb war er seiner Wirkung auf die Damenwelt sehr wohl bewusst. Aber das musste das Mädchen ja nicht wissen.

Sie setzten sich ins Gras und Raoul lehnte seinen Kopf an Aurelias Schulter. Er wollte Vertrautheit herstellen. „Weißt Du, dass Du wunderschön bist

Aurelia? Du erinnerst mich an ein scheues Reh, das einen mit großen runden Augen anschaut und dann davonläuft." Zärtlich nahm er ihren Kopf in seine Hände und küsste sie. Verwirrt über dieses vollkommen neue Gefühl, welches sie plötzlich empfand, wollte sie aufstehen. Doch er drückte sie sanft ins Gras und blickte ihr tief in die Augen. Zärtlich streichelte er ihre Finger. „Ich möchte Dir etwas sagen meine Liebste. Schon im ersten Augenblick habe ich mich unsterblich in Dich verliebt und ich möchte Dich gerne heiraten. Doch Du müsstest dann an meiner Seite auf unserem Gestüt in Frankreich leben. Natürlich könntest Du Deinen Großvater hin und wieder besuchen. Meine Mutter ist eine Landsmännin von Dir und ihr würdet Euch bestimmt gut verstehen. Ich bin mir sicher, Du würdest Dich dort sehr wohlfühlen. Außerdem ist die Liebe etwas Wunderschönes und ein Geschenk des Himmels. Wenn man sie findet, dann sollte man sie unbedingt festhalten."

Aurelias Gesicht verdüsterte sich. „Raoul, ich muss Dir etwas erzählen." Sie sprach von der Vergewaltigung ihrer Mutter und davon, wie sie bis zu ihrem sechzehnten Lebensjahr im Kloster aufgewachsen war. Auch, dass sie es nicht übers

Herz bringen würde, ihrem Großvater die Nachricht zu überbringen, dass sie ihn wieder verlassen würde.

Raoul sah sie mit seinen kornblumenblauen Augen liebevoll an. „Meine liebste Aurelia, wenn zwei Menschen sich lieben, möchten sie immer zusammen sein. Bei Tag und bei Nacht. Sie essen zusammen, unternehmen vieles zusammen, schlafen in der Nacht auch zusammen in einem Bett. Wenn man so Körper an Körper liegt und die Nähe und Wärme des anderen spürt, dann möchte man den anderen ganz besitzen. Jedoch sollte dies ein freiwilliges Geben und sich verströmen sein. Auch mir fällt es sehr schwer Dich nicht in die Arme zu nehmen, denn ich will Dich so sehr, dass ich bereit bin eine offizielle Beziehung mit Dir einzugehen mit allem drum und dran, auch einer Hochzeit. Dein Vater war vermutlich ein unbeherrschter Mensch, der sich einfach nahm, was er wollte, ohne Rücksicht auf Deine Mutter. Doch vor mir musst Du keine Angst haben, ich werde nie etwas tun was Dir weh tut oder was Du nicht willst."

Aurelia lächelte glücklich. „Oh Raoul, ich bin das glücklichste Mädchen unter Gottes Sonne. Du musst einfach ein kleines bisschen Geduld mit

mir haben. Ich habe Angst davor, wie mein Großvater diese Sache aufnimmt. Er ist doch dann
wieder allein.

Sie wusste nicht, ob sie glücklich oder traurig
sein sollte. Sie hatte ihren Großvater doch erst gefunden und lieben gelernt und nun sollte sie ihn
wieder verlassen? Doch sie hatte sich in Raoul
verliebt und sehnte sich nach ihm. Er weckte neue
Gefühle in ihr. War es nicht die Bestimmung einer
Frau zu heiraten und Kinder zu bekommen? Mit
Raoul musste das doch eine schöne Sache sein.
„Du musst es Großvater sagen Raoul, ich bringe
es nicht übers Herz."
Raoul lächelte und versprach es ihr. Schließlich
war es ein Teil seines Planes und bisher verlief
alles zu seiner Zufriedenheit. Er rechnete durch
seine Taktik damit an den Zuchthengst zu kommen. Also würde er sowohl bestes tierisches als
auch menschliches Zuchtmaterial bekommen.
Besser konnte es nicht laufen.
Die Vögelchen zwitscherten, Insekten summten
durch die Luft. Es war schon später Nachmittag.
Karim kam Ihnen entgegen und mahnte zum Auf-
bruch. Aurelia sog noch einmal den Duft der Blüten und des Waldes ein. Auch sie war gerade da-

bei zu erwachen und zu erblühen. Sie war so aufgewühlt wegen all dieser Gefühle, die in ihr tobten. In sich gekehrt schwang sie sich auf ihr Pferd und ritt mit Raoul und Karim zum Gestüt zurück. Sie übergaben die Pferde dem Stallburschen, gingen hinauf ins Haus und zogen sich fürs Abendessen um. Nachdem sie noch etwas zusammengesessen und mit Georg geplaudert hatten, entschuldigte sich Aurelia bald und ging zu Bett. Sie hatte ein furchtbar schlechtes Gewissen.

Sie wurde früh am Morgen durch das Zwitschern der Vögel geweckt. Die Sonne schien durch die Fensterscheiben und die Sonnenstrahlen spielten mit den Farben der Vorhänge und dem hübschen Muster der Bettwäsche. Sie hatte noch gehört wie Raoul ihren Großvater gestern um eine Unterredung gebeten hatte. Natürlich war sie neugierig, was die Beiden wohl beredet hatten und wie Georg die Neuigkeiten aufgenommen hatte.

Als sie die Treppe zum Esszimmer hinunter ging kam ihr Georg bereits entgegen. Seine Augen hatten einen seltsam wehmütigen Ausdruck. Er blickte sie an und sagte: „So sind Deine Tage hier also gezählt. Schade, dass Du nicht für immer hierbleibst. Ich werde Dich sehr vermissen. Aber wenn es das ist was Du möchtest, dann werde ich

Dir keine Steine in den Weg legen. Die Liebe ist etwas Schönes und Raoul de Toussant scheint ein wohlhabender Mann zu sein und kann Dir einiges bieten. Hoffentlich hast Du Dir alles gut überlegt und weißt, auf was Du Dich einlässt. Ich wünsche Dir jedenfalls von Herzen alles Gute dieser Erde und würde mich glücklich schätzen Deine Hochzeit ausrichten zu dürfen, bevor Du gehst. Denn ich möchte Dich gerne zum Altar führen, anstelle Deines Vaters."

Aurelia fiel ihm um den Hals. „Natürlich darfst Du das Großvater. Ich würde mich ganz besonders darüber freuen und natürlich musst Du mich ganz oft besuchen kommen."

Natürlich freute sich Georg, dass seine Enkelin so glücklich zu sein schien, doch er hatte seine Zweifel. Er hatte diese unnahbare Kühle in den Augen des Mannes bemerkt, die selbst wenn er lachte, nicht ganz aus dessen Augen verschwand. Aber vielleicht irrte er sich nur oder vielleicht war es auch die Eifersucht eines alten Mannes, der schon wieder verlassen wurde. Wer wusste das schon.

Die Hochzeit wollte Georg jedoch unbedingt ausrichten. Das wollte er sich nicht nehmen lassen und da Raoul bald nach Hause aufbrechen wollte, bereitete man in Windeseile alles für die Zeremonie vor. Der Pfarrer musste informiert, Essen und Blumen bestellt werden und natürlich brauchte Aurelia auch ein Kleid. Aber auch da hatte Georg eine besondere Überraschung für seine Enkelin, denn sie hatte genau die Statur seiner verstorbenen Frau.

Am späten Vormittag bat er Aurelia um ein kleines bisschen Zeit und nahm sie mit in ein Zimmer, das bisher immer verschlossen gewesen war. Als er die Zimmertür öffnete, traten sie in einen Raum, der von einer Frau bewohnt gewesen sein musste. Es roch darin etwas muffig, denn scheinbar war schon länger niemand hier gewesen. Georg traten ein paar Tränen in die Augen. „Das war das Zimmer Deiner Großmutter. Ich habe es nach ihrem Tod so belassen wie es war und komme immer wieder hierher um ihrer zu Gedenken. Ich habe sie so unendlich geliebt. Es wäre mir eine große Ehre, wenn Du ihr Brautkleid tragen würdest. Sie sah bei unserer Hochzeit damals so wunderschön darin aus. Das werde ich nie vergessen." Er ging zu dem massiven Schrank aus Walnussholz, öffnete die Tür und holte ein wunderschönes Kleid heraus und legte es auf dem Bett ab.

Das bodenlange, elfenbeinfarbene Kleid war eng tailliert und überall waren zart schimmernde, kleine, cremefarbene Perlen aufgenäht. Am Ärmelsaum und am Dekolleté war es mit zarter Spitze besetzt. „Oh Großvater, das ist ja wunderschön. Danke. Es ist mir eine Ehre dieses Kleid tragen zu dürfen." Aurelia nahm Georg in den Arm und küsste ihn auf die Wange. Dann hob sie das Kleid vorsichtig hoch und nahm es mit ihin ihr Zimmer, während der alte Mann die Tür wieder hinter ihnen abschloss.

Zwei Tage später war es so weit. Ihre Zofe Sara half ihr dabei die Haare in vielen kleinen Zöpfchen zu flechten und dann zu einer kunstvollen Frisur aufzustecken und mit zahlreichen kleinen Perlen zu verzieren. Ihr Gesicht war jedoch unter einem zarten Schleier versteckt.

Aurelia war nicht entgangen, dass Sara in letzter Zeit ständig lächelte und sie beschloss nachzufragen, warum das so war. „Sag mal Sara, Du wirkst in letzter Zeit so glücklich. Was ist denn los?"

Die Zofe kicherte. „Jean hat mir seine Liebe gestanden und mich auch schon geküsst. Er möchte, dass ich nach Frankreich mitkomme, denn er will mich heiraten."

„Und was möchtest Du Sara," fragte Aurelia?

„Ich würde sehr gerne mit ihm gehen- Wann bietet sich schon die Chance sich so zu verlieben. Er scheint ein liebevoller Mann zu sein, hat eine Anstellung und wohnt auf dem Gestütsgelände von Raoul und seinen Eltern in einem eigenen kleinen Häuschen, welches sie ihm zur Verfügung gestellt haben. Mir macht nur die Sprache Angst."

Aurelia nickte: „Ja das versteh ich, mir geht es genauso. Aber Raouls Mutter spricht unsere Sprache und ich denke, französisch kann man schnell lernen. So jetzt müssen wir uns aber beeilen, die Hochzeitskutsche wartet bereits."

Vor dem Haus wartete bereits eine mit Blumengirlanden geschmückte Kutsche, die von sechs Schimmeln gezogen wurde. Selbst am Pferdegeschirr waren Blumen angebracht worden und die Schimmel trugen einen hübschen Kopfschmuck. Der Kutscher half ihr hinein, denn ihr langes Kleid war ihr etwas im Weg. Georg und Raoul hatten sie noch nicht sehen dürfen und waren bereits vorausgefahren.

Als sie vor der imposanten Barockkirche in Birnau ankamen, wartete ihr Großvater bereits vor dem Portal. Er schritt auf sie zu und half ihr beim Aussteigen.

„Wie wunderschön Du aussiehst," flüsterte er.
„Du bist genauso schön wie Deine Großmutter
damals bei unserer Hochzeit. Ich kann mich noch
gut daran erinnern, als ob es gestern gewesen
wäre- Auch Deine Mutter wäre sicher stolz auf
Dich. Aber ich bin mir sicher, sie schaut von oben
auf Dich herunter und passt auf Dich auf."

Dann nahm er sie am Arm und sie schritten ge-
meinsam durch das große Kirchenportal den
Gang zwischen den Bänken hinunter in Richtung
Altar. Ihr Herz pochte wie wild vor Aufregung.
Einen kurzen Moment glaubte sie ohnmächtig zu
werden, aber Georg hatte sie fest im Griff. Das
halbe Dorf war gekommen, um die Hochzeit von
Georgs Enkelkind zu feiern.

Am Altar wartete Raoul bereits ungeduldig, ein
Lächeln auf dem Gesicht. Sein Blick schweifte
über die reiche barocke Ausstattung der Kirche.
Sie war mit zahlreichen Fresken und Stuckaturen
verziert. Darunter war ein Putto mit einem Bie-
nenkorb. Wirklich herzallerliebst. Das war ein
imposanter Ort, um zu heiraten, seiner absolut
würdig.

Aurelia wurde von Georg an Raoul übergeben
und die Zeremonie begann. Feierlich zelebrierte
der Pfarrer das Ritual der Vermählung. Doch

letztendlich war die Zeremonie viel zu schnell vorüber und als sie begleitet von einem Ave Maria aus der Kirche traten, mussten sie viele Hände schütteln und Glückwünsche entgegen nehmen. Dann stieg das Brautpaar – nun gemeinsam – in den wartenden Sechsspänner und sie fuhren den von Schaulustigen gesäumten Weg zurück auf den Dorner Hof, wo bereits weitere Gäste auf sie warteten, denn es war ein rauschendes Fest geplant. Schließlich heiratete Georgs einzige Enkelin und das musste gebührend gefeiert werden damit die Menschen in der Umgebung noch lange etwas zu erzählen hatten. Der alte Mann hatte sich nicht lumpen lassen und der Champagner floss in Strömen.

Hinterher war Aurelia sich kaum mehr bewusst, wie sie diesen anstrengenden Tag mit den zahlreichen Gästen überstanden hatte. Am meisten aber hatte sie sich über Großvaters Geschenk gefreut. Es zeigte, wie sehr er sie liebte und schätzte. Georg hatte ihr eine Schenkungsurkunde des Zuchthengstes Djamal Ibn Estawan überreicht. Der Hengst gehörte nun ihr und war somit ihre Mitgift. Da seine Enkelin nun auf ein anderes Gestüt zog, konnte sie auch dort seine Arbeit fortführen. Das war das wertvollste, was er ihr überhaupt schenken konnte. Er war schon alt und wer wusste schon wie viele Jahre er noch leben würde. Somit würde sein Lebenswerk indirekt weiter bestehen.

Raoul war den ganzen Tag sehr zuvorkommend gewesen und hatte sie nicht aus den Augen gelassen. Als die vielen Gäste sich endlich verabschiedet hatten, nahm er sie auf seine starken Arme und trug sie die Treppe hoch zu ihrem Zimmer. Er trug sie über die Schwelle, küsste sie leidenschaftlich und fing an sie auszukleiden. Dies würde ihre erste gemeinsame Nacht sein. Eine leichte Angst kroch in ihr hoch.

Er küsste ihre Hände, ihre schön geschwungenen vollen Lippen, ihren Hals. Seine Hände glitten dabei langsam immer tiefer. Aurelia wurde von ihren Gefühlen vollkommen mitgerissen. Sie begann ebenfalls Raouls Knöpfe zu öffnen und zog ihm das Hemd von den starken, muskulösen Schultern. Kleidungsstück um Kleidungsstück fiel zu Boden. Dann gaben sie sich einander hin und die Leidenschaft übertönte den Schmerz der Entjungferung. Immer wieder vereinten sie sich, bis die Müdigkeit sie übermannte.

Sie blieben noch ein paar Tage auf Gestüt Dorner Hof, doch dann meinte Raoul, dass es an der Zeit sei aufzubrechen und seinen Eltern die Neuigkeiten zu überbringen. Aurelia und Georg waren zwar sehr traurig über den Abschied, doch Georg versprach sie bald zu besuchen, obwohl er sich nicht sicher war, ob er den Strapazen einer längeren Reise gewachsen war, denn er fühlte sich tatsächlich alt und müde.

Schweren Herzens spannte Georg Aamaal – die sanfte Stute auf der Aurelia reiten gelernt hatte – vor die leichte Kutsche. Jean, der hübsche Bursche Raouls, übernahm den Kutschbock und band Djamal und die zwei von Raoul erworbenen tragenden Stute hinten an. Raoul wurde nebenher reiten. Auch Sara war mit von der Partie. Sie hatte sich tatsächlich entschlossen mit nach Frankreich zu kommen und ihr Glück mit Jean zu versuchen. Allerdings wollte sie sich erst ihre neue Heimat anschauen und dann erst heiraten. So konnte sie zur Not immer noch nach Hause flüchten.

Georg wünschte dem jungen Paar alles Gute und verabschiedete sich. Mit hängenden Schultern ging er ins Haus, ohne sich noch einmal umzudrehen. Er wollte nicht, dass seine Enkelin bemerkte, dass ihm die Tränen aus den Augen flossen. Zu Maria, die an seine Seite getreten war, sagte er: „Nun mein altes Mädchen sind wir wieder ganz allein. Wenigstens hast Du die ganzen Jahre zu mir gehalten. Dafür bin ich Dir sehr dankbar." Maria lächelte. Es gab kein schöneres Kompliment für sie. Auch wenn sie nur Arbeitgeber und Angestellte waren, so hatten sich zwischen Ihnen doch eine sehr tiefe Freundschaft entwickelt, auch wenn Maria sehr wohl wusste, dass sie für ihn nur eine wertvolle Angestellte war.

Die kleine Gruppe ließ sich Zeit. Raoul kannte die Strecke gut und hatte abends ihm bekannte Wirtshäuser angesteuert, in denen sie übernachten konnten, ohne Angst vor einem Überfall haben zu müssen, denn dort verkehrten keine üblen Burschen. Auch die Pferde konnten in den dazugehörenden Mietsställen sicher untergebracht werden. Die letzte Wegstrecke hielten sie sich an den großen Fluss, die Dordogne. Viele Burgen schauten von den Hügelkämmen auf sie herunter. Es war eine sehr schöne, abwechslungsreiche Landschaft wie Aurelia und Sara feststellten. So kamen sie ohne nennenswerte Zwischenfälle in dem kleinen Dorf Sarlat-de-Canéda, im Süden Frankreichs an.

Ihr Ehemann war immer unruhiger geworden, je näher sie seinem Heimatdorf kamen. Kurz nach Mittag sahen sie endlich das Emblem des Landsitzes der de Toussants. Raoul hatte keinen Boten vorausgeschickt, denn er wollte seine Eltern überraschen. So kam dann als erstes eine junge, hübsche, schwangere Frau aus dem Haus gelaufen als sie die Kutsche und das Pferdegetrappel hörte. Sie strahlte übers ganze Gesicht als sie Raoul erblickte. Doch das Strahlen verschwand augenblicklich als sie Aurelia aus der Kutsche steigen sah.

Ein älteres Ehepaar trat ebenfalls aus dem imposanten Wohnhaus. Dies mussten Raouls Eltern sein. Eine kleine, dunkelblonde, mollige Frau mit den fröhlich blitzenden graublauen Augen ging mit ausgestreckten Armen auf ihren Sohn zu. „Mein Sohn, wie schön, dass Du wieder da bist. Wen hast Du uns denn da alles mitgebracht?"

„Liebe Mutter, geehrter Herr Vater, liebe Natalie, darf ich Euch meine Frau Aurelia vorstellen? Sie ist die Enkelin Georg von Dorners und ich habe mich Hals über Kopf in sie verliebt. Wir haben kurzentschlossen in Deutschland geheiratet."

Die junge Frau namens Natalie starrte ihn erschrocken an, dann rannte sie, hysterisch schluchzend davon.

„Keine Angst, sie beruhigt sich schon wieder. Insgeheim hat sie sich wohl Hoffnungen auf Raoul gemacht", meldete sich Raouls Vater Alain zu Wort. „Nun erst einmal herzlich Willkommen auf unserem Gestüt L'île de l'or, das heißt übrigens die Goldinsel. Du wirst sehen, es ist wunderschön hier. Man kann sich hier sehr wohlfühlen. Auch Sarlat ist ein wunderschönes Dörfchen mit einer uralten Geschichte. Aber das wird Dir Raoul sicherlich zu einem anderen Zeitpunkt gerne zeigen." Er nahm sie in seine Arme, herzte sie und drückte ihr abwechselnd zwei Küsschen rechts und zwei Küsschen links auf die Wange. Aurelia war dies sichtlich unangenehm, denn sie kannte die französische Art sich zu begrüßen nicht.

Alain wandte sich Jean zu. „Und Du hast Dir auch eine Frau mitgebracht?" Jean lachte. „Tatsächlich habe ich mich auch verliebt. Das ist Sara und sie möchte mich gerne erst näher kennenlernen, bevor sie mich heiraten möchte. Ich hoffe Sie haben nichts dagegen, wenn sie so lange bei mir ihm Haus wohnt. Sie ist Aurelias Zofe und kann dies auch hier gerne bleiben." Alain meinte, dass er vorerst nichts dagegen hätte und wandte sich wieder seiner Familie zu.

Währenddessen stellte Raouls Mutter sich Aurelia als Klara vor. Sie nahm Aurelia an der Hand und führte sie ins Haus. Klara schien sehr herzlich zu sein und hatte keinerlei Berührungsängste ihr gegenüber. Währenddessen ging Jean mit seiner Sara und deren Gepäck zu seinem kleinen Haus. Sie wollten sich erst einmal zurückziehen und ausruhen.

Raoul und Alain folgten Klara und Aurelia ins Haus. „Schade, dass mein Sohn mir Eure Ankunft nicht mitgeteilt hat. Wir hätten sonst einen schöneren Empfang für Euch vorbereitet. Aber das können wir ja noch nachholen. Nenn mich doch bitte ab sofort Klara oder Mutter. Ganz so wie Du magst. Es ist schön eine Landsmännin hier zu haben. Dann können wir endlich einmal wieder in unserer gemeinsamen Sprache reden. Das habe ich sehr vermisst. Gleichzeitig kann ich Dir die französische Sprache beibringen."

„Gerne Klara", erwiderte Aurelia verlegen. Das Wort Mutter wollte ihr nicht über die Lippen kommen. „Ich bin großen Pomp nicht gewöhnt und wahrscheinlich hätte es mich auch nur verlegen gemacht, wenn ihr großes Aufheben um meine Person gemacht hättet".

Anders als das wesentlich kleinere, gemütliche Holzhaus auf dem Dorner Hof war dies hier ein sehr herrschaftliches Anwesen, weitläufig und geräumig. Viele Türen gingen von der schwarz-weiß gefliesten Eingangshalle ab in der Aurelia mit Raoul und ihren Schwiegereltern standen. Eine breite, gewundene Holztreppe, die mit einem roten Teppich belegt war, wand sich ins obere Stockwerk. Aurelia staunte.

Klara de Toussant lächelte. „Daran wirst Du Dich aber gewöhnen müssen liebes Kind. Wir leben in einem gewissen luxuriösen Rahmen, der von uns erwartet wird. Du musst sowohl im kleinen, einfachen Reitdress, als auch im gewagten Abendkleid gut aussehen. Weißt Du, wir haben viele geschäftliche Verbindungen mit hochgestellten Persönlichkeiten. So nun komm. Ich werde Dir erst einmal zeigen, wo Du ab sofort wohnen wirst. Dort kannst Du Dich dann erst einmal etwas ausruhen. Es war eine lange Reise. Du willst Dich sicher frisch machen."

Sie führte Aurelia in den Ostflügel des Hauses. „Voila, hier ist Deines und Raouls Reich. Unser Zimmermädchen Angelina hat Dir eine kleine Erfrischung auf den Tisch gestellt. Schau Dich um, mach Dich frisch, ruh Dich aus, was auch immer. Wir essen um acht Uhr im kleinen Speisesaal. Wir erwarten Dich dort. Bitte zieh eine passende Abendgarderobe an. Ich werde Dir noch einige Kleider zur Auswahl bringen lassen. In den nächsten Tagen werden wir dann die Schneiderin bestellen, damit Du eigene Sachen bekommst und unserem Stand entsprechend auftreten kannst." Dann ließ sie das Mädchen allein.

Ihr neues zu Hause bestand aus mehreren Räumen, es war eher ein großes Appartement innerhalb des Hauses. Überall hingen schwere dunkelblaue Samtvorhänge mit aufgestickten goldfarbenen Lilien. Die Möbel waren mit wunderschönen Schnitzereien versehen. Alles sehr prunkvoll, teilweise vergoldet, aber auch schwer und für ihren Geschmack zu dunkel. Sie vermisste die Leichtigkeit und Helligkeit in ihren eigenen Räumen in Georgs Gutshaus. Dort war alles eine Nummer kleiner, aber auch viel gemütlicher. Nun musste sie sich wohl oder übel hier einleben. Dies war ihr neues zu Hause. Sie hatte jetzt schon Heimweh. Das konnte heiter werden.

Nachdem sie ihre Sachen ausgepackt und in die großen, schweren Schränke eingeräumt hatte, schaute sie sich noch etwas um und bemerkte eine Verbindungstür. Sie war kaum sichtbar, da sie das gleiche Muster hatte wie die prunkvolle Seidentapete.

Vorsichtig öffnete sie diese Tür, von der sie annahm, dass sie zu Raouls Herrenzimmer oder in ein Büro führen würde, denn sie hatte Stimmen gehört. In der Mitte des Zimmers stand Raoul. Doch er war nicht allein. Diese junge Frau namens Natalie war bei ihm.

Aurelia brachte es nicht fertig die Tür wieder ganz zu schließen und horchte durch den leicht geöffneten Türspalt mit. Sie musste einfach wissen was zwischen den Beiden vor sich ging. Aurelia hatte den Eindruck gehabt, dass das Mädchen wegen Raoul so unglücklich gewesen war. Warum hatte Natalie so reagiert, als sie aus der Kutsche gestiegen war.

„Raoul" schluchzte die schwangere Natalie. Ich habe Dir doch gesagt, wie sehr ich Dich liebe. Warum musst Du mir so etwas nur antun? Wo hast Du sie aufgegabelt?"

Raoul schaute Natalie ernst an. „Ich habe sie nirgends aufgegabelt. Ich habe sie einfach getroffen und mich verliebt und basta. Es tut mir sehr leid, wenn ich Dir Hoffnungen gemacht haben sollte Dies war nie meine Absicht. Wir Beide kennen uns nun schon so lange, aber meine Gefühle haben nie ausgereicht, um Dich zu heiraten. Außerdem sichert Aurelia den Fortbestand unseres Gestüts durch den wertvollen Zuchthengst, den sie mitgebracht hat."

Natalie hatte aufgehört zu weinen. „Ich bekomme ein Kind von Dir Raoul. Ist das nicht mehr wert als so ein blöder Zuchthengst? Du hast mir sehr wohl Hoffnungen gemacht und deshalb habe ich mit Dir geschlafen und das ist nun der Dank dafür. Ich werde überall erzählen, dass Du der Vater meines Bastards bist, Raoul de Toussant." Sie stürmte aus dem Zimmer.

„So warte doch Natalie. Wir werden sicher eine Lösung finden." Aber Natalie war schon fort, sie hörte ihn nicht mehr.

Aurelia hatte alles mit angehört. Leise zog sie die Tür zu. Mein Gott, was sollte sie denn nur tun? Sie hatte sich alles so rosarot und schön vorgestellt. Sie warf sich auf ihr Bett und weinte. Sie wusste gar nicht mehr was sie denken sollte. Liebte Raoul sie so wie er behauptet hatte? Was hatte er damit gemeint, dass sie den Fortbestand des Gestüts sichern würde? Stand es so schlecht um das Gestüt der de Toussants? Nach dem, was sie gerade gehört hatte zweifelte sie daran, dass Raoul wirklich ehrliche Gefühle für sie hatte. Sie fühlte sich, als ob ihr Jemand ihr Herz aus dem Leib gerissen hätte. Es tat furchtbar weh.

Als sie sich wieder einigermaßen beruhigt hatte, wusch sie sich das Gesicht. Niemand sollte ihre Tränen bemerken. Vielleicht würde Raoul ihr selbst davon erzählen, oder sie tat ihm vielleicht tatsächlich unrecht mit ihren negativen Gedanken. Nun musste sie erst einmal ihre Schwiegereltern für sich gewinnen, was gar nicht so einfach zu sein schien, denn Klara schien eine eher materielle Frau zu sein die viel Wert auf Luxus und Ansehen legte. Und dieser Wesenszug war Aurelia fremd. Ob sie sich daran gewöhnen konnte?

„Aurelia, bist Du fertig?" rief ihr Ehemann draußen vor der Zimmertür.

„Noch nicht mein Liebling. Komm doch herein. Ich musste mich erst noch ein bisschen ausruhen." Aurelia zog sich fertig an und drückte ihrem Mann ihr Smaragd Collier in die Hand. „Könntest Du mir das bitte umlegen mein Schatz?" Mit keinem Wort erwähnte sie Natalie, obwohl es ihr innerlich miserabel ging. Doch sie durfte sich jetzt nichts anmerken lassen. Am Arm ihres Mannes ging sie in den großen Saal hinunter. Alain, ihr Schwiegervater, schaute sie bewundernd an.

Auch hier war alles prunkvoll eingerichtet. Große Kristallleuchter hingen von der Decke und an den Wänden waren einige große, vergoldete Spiegel und Wandteppiche mit Bildern von Jagdszenen angebracht. Der Tisch war mit edlem Kristall und Silber eingedeckt. Dazu waren wunderschöne rot-weiße Rosengestecke auf dem Tisch arrangiert worden.

Klara saß bereits am Tisch und Alain setzte sich neben seine Frau. Raoul und Aurelia setzten sich ihnen gegenüber. Beim Essen selbst wurde kaum ein Wort gesprochen. Es gab mehrere Gänge und Aurelia hatte ihre liebe Mühe bei Raoul abzuschauen welches Besteck er für welchen Gang nahm. Nach den servierten fünf Gängen war sie absolut satt. Nach dem Essen ging man in den kleineren Salon, setzte sich an ein kleines rundes Tischchen auf zierliche, unbequeme Stühlchen und versuchte dort eine ungezwungene Konversation zu führen.

Alain sprach mit einem witzigen Akzent. „Na mein kleines Mädchen. Ich hoffe, Dir wird es hier bei uns gefallen. Raoul war ganz begeistert von Deinem Großvater und Eurer Pferdezucht. Ihr müsst mir unbedingt alles erzählen. Ich brenne seit Wochen auf Neuigkeiten."

Klara lachte. „Pferde sind Alains ein und alles. Ich glaube er würde mich manchmal gerne gegen eine edle Zuchtstute eintauschen, wenn er könnte. Aber ich habe gehört, dass Du Pferde ebenfalls sehr liebst."

Aurelia bejahte. „Mein Großvater hat mir das Reiten beigebracht und auch sehr viel über Pferde.

Wir haben auch zwei schöne tragende Stute mitgebracht. Der Vater der Fohlen ist unser Super-
hengst Djamal. Den habe ich auch mitgebracht.
Er war das Hochzeitsgeschenk meines Großvaters.

Raouls Vater nickte. „Ja, ich habe mir die Stuten
schon angeschaut. Wunderschöne Tiere und ich
bin schon sehr gespannt auf den Nachwuchs. Morgen früh zeige ich Dir das Gelände. Aber ich denke
wir sollten jetzt zu Bett gehen." Die Damen erhoben sich und Aurelia ging zu Ihren Räumlichkeiten.
Sie legte sich zu Bett und war bald eingeschlafen.
Sie hörte nicht mehr, wie ihr Mann zu ihr ins Bett
schlüpfte.

Am nächsten Morgen zeigte Klara Aurelia den Rest
des Hauses. Anschließend übernahm Alain die
Führung durch die Anlage. „Dies hier ist der Tro-
ckenspeicher. Heu, Stroh und Hafer werden hier
eingelagert. Dort drüben sind die Stallungen. Leider haben wir etwa die Hälfte unserer Pferde durch
diese blöde Seuche verloren. Es ist jetzt nicht so
einfach, das alles wieder aufzubauen. Wir haben
keine Pferde zum Verkauf übrig und das zehrt natürlich an unseren Finanzen," sagte Alain. „Das
Gute ist, dass unsere Pferde in diesem milden
Klima eigentlich immer auf die Weide können.

Deshalb haben wir kleine Stallungen und geringere Nebenkosten. Es gibt hier keine eisig kalten Winter. Und das hier ist Chantal, eine meiner Lieblingsstuten. Sie bekommt in den nächsten Tagen ihr Fohlen. Möchtest Du dabei sein?"

Aurelia war begeistert. „Natürlich möchte ich das. Was hältst Du eigentlich von meiner Stute Aamaal."

Alain geriet ins Schwärmen und lobte die Stute bis in die höchsten Sphären. „Die Neuankömmlinge sind bereits auf der Südkoppel. Sie sind wundervoll und ich verspreche mir sehr viel von ihnen. Man würde kaum glauben, dass diese kleinen Pferdchen so kraftvoll und zäh sind. Djamal wird ein guter Stammvater sein. Unser Zuchthengst ist leider auch gestorben und nun müssen wir nicht mehr ewig warten, bis wir unsere Stuten decken können."

Raoul der bisher geschwiegen hatte, um den Redefluss seines Vaters nicht zu unterbrechen, meldete sich zu Wort. „Aurelia, ich danke Dir, dass Du uns Deinen Hengst Djamal zur Verfügung stellst. Georg könnte uns doch noch mehr seiner Zuchtstuten bringen. Er wird eh immer älter und wird das bald nicht mehr allein stemmen können. Vielleicht könnten wir fusionieren."

Alain, der ganz angetan war von diesem Vorschlag bemerkte nicht, wie Aurelia zusammenzuckte. Eigentlich war sie sich immer weniger sicher, dass ihr Ehemann sie wirklich aus Liebe geheiratet hatte. Sie fühlte sich hier nicht wohl. Gerne wäre sie wieder nach Deutschland zurückgekehrt. Sie würde heute Abend mit ihrem Mann in Ruhe darüber sprechen, oder es zumindest versuchen.

Als sie nach dem Abendessen in ihrem Zimmer saßen versuchte Aurelia das Thema anzusprechen.

„Raoul, was hältst Du denn davon, wenn wir nach Deutschland reisen und Großvater fragen, ob wir noch einige Stuten holen dürfen. Ich vermisse Georg so sehr und wir könnten ja auch ein bisschen dortbleiben. Er könnte Dir so viel über arabische Blutlinien beibringen."

Raoul schaute sie nachdenklich an. „Meine süße Herzallerliebste, ich würde Dir Deinen Wunsch sehr gerne erfüllen. Aber noch kann ich es nicht. Mein Vater hatte immer gehofft, dass ich seine Geschäfte fortführen werde. Er ist von diesen edlen Pferdchen besessen und nun ist Djamal hier und wir können den Fortbestand unseres Betriebes sichern. Djamal wird der Stammvater unserer Zucht werden und sicher wunderhübsche Fohlen zeugen. Das Gestüt wird wieder aufblühen und Vater wird zufrieden sein. Später könnte ich dann zu Deinem Großvater reisen und mit ihm über eine Fusion sprechen. Er könnte seinen Betrieb hierher verlagern und ebenfalls bei uns leben. Dann wäre er auch gut versorgt und das warme Klima würde seinen alten Knochen sicher guttun."

Aurelia seufzte, gab sich aber damit zufrieden. Was sollte sie auch sagen.

Als sie am nächsten Morgen erwachte, fand sie den Platz neben sich leer vor. Sie zog sich hastig an und ging hinunter. Sie fand jedoch nur ihr Frühstücksgedeck auf ihrem Platz. Die Männer waren bereits bei der Arbeit und Klara hatte scheinbar schon gefrühstückt oder wollte ihre Ruhe.

Aurelia bekam kaum einen Bissen hinunter. Sie war wütend. Zuerst machte er einer anderen Frau ein Kind und dann frühstückte er nicht einmal mit ihr, obwohl er sie doch angeblich so liebte. Auch seine Mutter zeigte gerade ihr wahres Gesicht, indem sie ihre neue Schwiegertochter mied. Zornig schob sie ihren Stuhl zurück, so dass er fast umfiel und rannte aus dem Haus zur Südkoppel.

Als Aamaal sie erblickte, kam sie sofort wiehernd angelaufen und rieb ihre Nüstern an Aurelias Arm.

„Tut mir leid mein Stütchen. Ich hatte keine Zeit Karotten für Dich zu stibitzen. Komm lass uns ein wenig wegreiten von hier. Sie öffnete das Gatter und führte ihre Stute zum Satteln in die Stallgasse. Nachdem sie das Pferd gestriegelt, getrenst und gesattelt hatte, schwang sie sich auf Aamaals Rücken und ritt in westlicher Richtung davon.

Als sie so dahin ritt fühlte sie sich unendlich frei und vergaß ihren Kummer. Sie spürte die Bewegungen des Pferdeleibs unter sich, roch den Schweiß des Tieres, welcher sich mit dem Ledergeruch vermischte. Wenn sie auf dem Pferderücken saß, war sie immer glücklich. Dort konnte sie alles um sich herum vergessen. Vermutlich war die Liebe zu den Pferden ihr bereits in die Wiege gelegt worden. Nur wäre sie verkümmert, wenn sie ihren Großvater nicht getroffen hätte. Ihm hatte sie so viel zu verdanken. Sie vermisste ihn unendlich.

Die Landschaft hier war ganz anders als in Süddeutschland. Die Wiesen waren nicht so grün, denn es war sehr trocken und heiß hier. Nach einer Stunde kehrte sie deshalb um, denn die pralle Sonne machte ihr etwas zu schaffen. Sie war die Hitze noch nicht gewöhnt. Zum Glück bekam sie nicht so schnell einen Sonnenbrand. Das war vermutlich ihrem spanischen Erbe geschuldet, aber absolut von Vorteil in dieser Umgebung.

Natalie war bisher nicht wieder aufgetaucht und sie hatte auch nichts mehr von ihr gehört. Klara wusste sicher von dieser Geschichte. Sohn und Mutter schienen ein sehr enges Verhältnis zueinander zu haben. Eigentlich hätte sie darüber glücklich sein sollen. Aber ihre Gefühle zu Raoul waren bereits merklich abgekühlt. Sie empfand ihn treulos und ohne Verantwortungsgefühl. Lag es in der Natur der Männer, dass sie Frauen unglücklich machten? Raoul hatte sicher kein Kind gewollt dessen war sie sich sicher, aber ein Mann mit Charakter hätte sicher zu seinem Fehler gestanden und vor allem hätte er ihr reinen Wein eingeschenkt. Dass er das nicht getan hatte, verletzte sie zutiefst. Er wusste doch, dass sein Kind nicht auf immer in Natalies Bauch bleiben würde. Irgendwann würde er sich diesem Thema stellen müssen und sie würde es offiziell erfahren.

Heute Nacht hatte sie nicht gut geschlafen. Raoul war erst spät ins Bett gekommen und sofort eingeschlafen. Auch heute stand wieder nur ihr Frühstücksgedeck an ihrem Platz als sie ins Speisezimmer kam. Aber eigentlich war ihr das inzwischen ganz recht. Dieses Spiel hatte sich jetzt die ganze Woche wiederholt und wie jeden Morgen ging sie zu ihrer Stute Aamaal.

Es hatte gestern seit langem einmal wieder geregnet und sie hatte die Stute gestern Abend noch in ihre Box gebracht. Als sie nun jedoch die Boxen Tür öffnete blieb ihr vor Schreck das Herz fast stehen. Aamaal lag auf dem Boden. Sie hatte Schaum vor dem Maul und röchelte. „So hilf mir doch jemand" rief die junge Frau und hoffte, dass Morris der Stallbursche kam. Er rannte schon auf sie zu mit einem Eimer Wasser in der Hand und einem Lappen. Aurelia wusch Aamaal den Schaum von Nüstern und Maul ab. Die Stute schaute sie mit ihren großen schwarzen Augen dankbar an, ein letzter Krampf ging durch ihren Körper. Die Stute war tot. Aurelia begann zu schluchzen und brach über ihrem toten Pferd zusammen.

Als sie wieder zu sich kam bemerkte sie, dass man sie wohl in ihr Bett getragen hatte. Ein junges Mädchen namens Angelina, welches normalerweise in der Küche arbeitete, saß bei ihr. Vermutlich wollte Klara benachrichtigt werden, wenn Aurelia aufgewacht war, denn als Angelina bemerkte, dass sie ihre Augen öffnete, ging sie hinunter und holte Klara.

„Wir haben uns solche Sorgen um Dich gemacht Aurelia" sagte ihre Schwiegermutter. „Es tut mir sehr leid wegen Deines Pferdes. Wer könnte das

denn nur gewesen sein? Es sieht aus als sei sie vergiftet worden. Hast Du Dir schon irgendwelche
Feinde gemacht?"

Als Aurelia in Tränen ausbrach nahm Klara sie in
den Arm. Aurelia konnte eine ganze Weile nicht
sprechen, Heulkrämpfe schüttelten sie. Ein furchtbarer Verdacht keimte in ihr auf und sie beschloss
ihrer Schwiegermutter zu sagen, was sie dachte:
„Klara, hast Du eigentlich etwas von Natalie gehört?"

„Nein, aber ihre Mutter hatte mich neulich zum
Kaffee eingeladen und natürlich hat sie mir ihr eigenes Leid geklagt, weil das arme Mädchen
schwanger ist und noch unverheiratet. Sie hat sich
mit irgendeinem Mann eingelassen, der nicht zu ihr
steht. Aber den Namen wollte Natalies Mutter mir
nicht nennen. Vielleicht weiß sie es auch gar nicht."
Aurelia sah Klara fest in die Augen. „Stellst Du
Dich dumm Klara oder weißt Du wirklich nicht,
wer der Vater dieses Kindes ist."

Klara schaute sie verblüfft an. „Du meinst doch
nicht, dass Raoul etwas mit dieser Sache zu tun
hat."

Aurelia stand auf und ging zum Fenster. Mit sto-
ckender Stimme erzählte sie ihrer Schwiegermutter,
was sie an ihrem ersten Abend im Nebenzimmer

mit angehört hatte und dass Raoul mit Sicherheit der Vater von Natalies Kind war. Klara war sichtlich schockiert. Damit hatte selbst sie nicht gerechnet.

„Nun weiß ich wenigstens, warum Du manchmal so traurig und unnahbar gewirkt hast. Aber ich kann das noch gar nicht glauben. Es stimmt wohl, dass die Beiden viel zusammen waren. Ich habe auch bemerkt, dass Natalie Raoul angehimmelt hat. Aber ich hatte immer den Eindruck, dass mein Sohn nicht in das Mädchen verliebt war und dass er ihr auch nicht zu viele Hoffnungen gemacht hat," meinte Klara. „Vor allem nicht auf eine Ehe mit ihm."

Aurelia lachte gequält auf. „Ich bin mir auch sicher, dass Raoul sie nicht liebt. Allenfalls ist er ihren körperlichen Reizen erlegen. Er ist schließlich ein Mann. Außerdem konnte er nicht wissen, dass er sich in Deutschland in mich verlieben würde. Deshalb gebe ich ihm auch keine Schuld daran. Trotzdem tut es weh und ich vermute, dass Natalie meine Stute vergiftet hat. Sie sieht in mir eine Rivalin. Sie hätte als einziger Mensch ein Motiv. Ich frage mich nur, von wem sie wissen konnte, dass Aamaal mein Pferd war. Sie war doch seit diesem Abend nicht mehr hier. Oder hast Du ihr diese Details erzählt?

Ihr habt doch sicherlich über mich miteinander gesprochen."

Klara überlegte. „Wir haben wohl von Dir gesprochen. Ihre Mutter wollte ebenfalls möglichst viel über Dich wissen. Hier auf dem Dorf ist man begierig auf Neuigkeiten. Allerdings weiß ich selbst nicht viel über Dich und konnte ihr auch nicht allzu viel erzählen. Aber jetzt, wo Du es erwähnst, kann ich mir auch erklären, warum Natalie hinausgegangen ist als wir von Dir sprachen. Sie muss Dich als Rivalin betrachten und Dir die Schuld geben, dass sie Raoul nicht für sich gewinnen konnte. Es ist gut, dass Du Dich mir anvertraut hast meine Liebe."

Aurelia war froh, dass sie sich alles von der Seele geredet hatte. Scheinbar hatte sie ihre Schwiegermutter komplett falsch eingeschätzt. Doch sie war immer noch sehr traurig über den Verlust ihrer Stute und wollte sich noch einmal etwas hinlegen.

Am Nachmittag klopfte ein Bote an die Tür. „Was wünscht Ihr," fragte sie den Mann als sie die Tür öffnete. Sie hoffte auf eine Nachricht Georgs. Doch es war eine Nachricht für ihren Mann von seiner königlichen Hoheit, dem spanischen König Ferdinand VII. Der Bote übergab ihr den Brief zu treuen Händen.

„Ich werde den Brief meinem Mann sofort aushändigen, wenn er zurückkommt. Kommen Sie doch ins Haus und erfrischen Sie sich etwas." Sie rief die Köchin. „Wir haben Besuch. Bitte bring etwas kaltes Fleisch, Brot und Wein für unseren Gast. Er hat eine weite Strecke hinter sich."

Klara kam gerade die Treppe herunter. „Wer ist denn gekommen?" fragte sie. Aurelia reichte ihr schweigend den Brief.

„Nanu," sagte Klara. „Komm den machen wir jetzt gleich auf. Die beiden Männer kommen erst heute Abend zurück. Vielleicht kann ich dem Boten gleich eine Antwort mitgeben. Zu dem Mann gewandt sagte sie: „Aber nun stärken Sie sich erst einmal mein Herr."

Klara brach das Siegel und öffnete den Brief. „Seltsam, es ist eine Anfrage des spanischen Königs, ob der arabische Vollbluthengst Djamal Ibn Estawan bereits auf unserem Gestüt eingetroffen sei. Er möchte das Pferd gerne kaufen und macht meinem Sohn ein horrendes Angebot. Verstehst Du das? Damit wäre unser Gestüt finanziell gerettet. Aber dann hätte wir wieder keinen guten Zuchthengst mehr. Wie kann es sein, dass man am spanischen Hof weiß, dass Djamal hier ist. Ich glaube wir müssen mit der Antwort noch warten, das kann ich nicht allein entscheiden."

In Aurelia keimte ein furchtbarer Verdacht. Woher nur konnte der spanische König wissen, dass sich der Zuchthengst auf diesem Gestüt befand. Die einzige Verbindung führte direkt zu Raoul. Also hatte er sie belogen. Er musste schon von Deutschland aus eine Nachricht an den spanischen König geschickt haben. Also war sie lediglich Mittel zum Zweck gewesen. Sie setzte sich zu dem Kurier, der es sich sichtlich schmecken ließ. Vielleicht konnte sie noch einige Informationen aus ihm herausbekommen.

Während der Mann aß, erzählte er: „Der spanische König liebt Araberpferde über alles. Er kennt Georg von Dorner schon lange. Soweit ich weiß, hatte er vor vielen Jahren seinen Bruder auf den Dorner Hof geschickt, um einen edlen Zuchthengst von ihm zu kaufen. Aber aus dem Geschäft wurde damals nichts. Diese Zuchtlinie ist ihm aber nie aus dem Kopf gegangen und er hat seinen Bruder Don Carlos sogar in den Kerker werfen lassen, weil er ihm das Pferd damals nicht mitgebracht hat. Der spanische König ist für seine Härte bekannt. Aber den eigenen Bruder wegen eines Pferdes letztendlich qualvoll im Kerker dahinsiechen zu lassen deutet schon auf einen mehr als brutalen und gemeinen Menschen hin."

Wie klein doch die Welt war. So langsam zeichnete sich in Aurelias Kopf ein Bild und sie wurde sich der Zusammenhänge bewusst. Es war von Anfang an ein abgekartetes Spiel gewesen sein. Ihr Mann musste Verbindungen zum spanischen Hof haben oder zumindest davon gewusst haben, dass der König immer noch Interesse an Georgs reinen Blutlinien hatte. Wie konnte sie nur mehr erfahren? Sie musste zunächst das perfide Spiel mitspielen, deshalb bat sie ihre Schwiegermutter Raoul nicht zu sagen, dass sie von dem Brief wusste.

Der Bote schob ein weiteres Stück kaltes Fleisch in den Mund und schwenkte mit Wein nach. „Warum hat der König dann von seinem Plan abgelassen?" fragte Aurelia.

„Nach dem Misserfolg seines Bruders musste der König erst Gras über die Sache wachsen lassen denn Don Carlos hatte behauptet, er könne sich dort nicht mehr blicken lassen, weil sein Sohn Don Pedro sich der Tochter des Hauses unsittlich angenähert hätte. Dies wollte man unbedingt vertuschen, denn das hätte ein schlechtes Bild auf den König geworfen.

Aurelia starrte gedankenverloren vor sich hin. Innerlich wühlte sie diese Geschichte sehr auf. In diesem Fall musste dieser Pedro de Fernandez tatsächlich ihr Vater sein und das Blut des spanischen Königs floss in ihren Adern.

Raoul musste von der alten Geschichte gewusst haben und hatte wohl sofort seine Chance gewittert den König mit einem Nachfahren des legendären Zuchthengstes Estawan zu beglücken und dabei viel Geld zu verdienen. Es wurde ihr immer mehr bewusst, dass ihr eigener Ehemann sie gar nicht wirklich liebte, sondern dass auch ihm materielle Dinge viel wichtiger waren. Dieser Charakterzug war ihr vollkommen fremd und deshalb konnte sie ihn nicht nachvollziehen. Es schien ihr immer noch alles unwirklich, aber ihr war klar, dass sie einen Plan entwickeln musste. Dies war vielleicht eine einmalige Gelegenheit, um ihren Vater zu finden und Licht in die Sache zu bringen. Sie hasste ihn nach wie vor für das, was er ihrer Mutter angetan hatte. Und die Gefühle für ihren Mann kühlten ebenfalls gerade merklich ab. Aurelia fühlte sich elend und hintergangen. Wie hatte sie sich nur so blenden lassen können.

Wie immer, wenn es ihr schlecht ging, musste sie an die frische Luft. Sie ging zu ihrem Lieblingsplatz an der Südkoppel. Dort wurde ihr schmerzlich bewusst, dass alles, was sie liebte oder zu lieben geglaubt hatte, verlorengegangen war. Ihr eigener Mann hatte sie belogen, Aamaal war gestorben. Es wurde ihr klar, dass Raoul die Schwangerschaft Natalies niemals freiwillig beichten würde. Er würde diese Tatsache solange es ging vertuschen. Wahrscheinlich war er viel zu oberflächlich, um Jemanden aus tiefsten Herzen lieben zu können. Er liebte nur sich selbst und benutzte andere Menschen für seine Zwecke. Oh, wie sie ihn hasste. Das würde sie ihm heimzahlen, denn mit Gefühlen anderer Menschen spielte man nicht.

Ihr Vater hatte ihre Mutter damals missbraucht und sie war dumm genug auf einen Mann hereinzufallen, der sie für seine Zwecke benutzte. Sie fühlte sich so dumm und naiv. Doch sie würde die Rechnung noch begleichen. Der Moment der Rache würde kommen. Dessen war sie sich sicher. In diesem Augenblick starben ihre Gefühle für Raoul. Ihr

einst so warmes Herz fühlte sich an wie ein Eis-
block als sie an diesem Nachmittag ins Haus ging.
Sie schloss sich in ihrem Zimmer ein, um nachzudenken und ging erst am Abend zum Essen hinunter.
Doch zuvor setzte sie ein undurchdringliches Po-
kerface auf. Niemand sollte ihre wahren Gefühle
durchschauen.

Klara hatte ihrem Sohn wohl schon von dem Brief
des Königs berichtet, denn als Aurelia am Abend an
dem gemeinsamen Essen teilnahm berichtete Raoul von seinen Plänen an den spanischen Hof zu
reiten. Er verschwieg vor ihr aber tunlichst, warum
er an den Königshof reiten wollte. Nun durfte sie
sich auf keinen Fall verraten. Sie tat, als ob sie erfreut war und gerne mitkommen würde. Raoul
hatte nichts dagegen. Er schien sogar erfreut, dass
er sie dadurch unter Kontrolle hatte.

Während Raoul die Reise plante und Vorkehrungen
traf, erhielt Aurelia einen Brief von Georg. Ihr
Großvater fragte nach ihrem Befinden und teilte ihr
mit, dass er sehr krank sei und nicht wüsste, ob er
wieder gesund werden würde. Er teilte ihr ebenfalls
mit, dass er ihr Gestüt Dorner Hof bereits als Al-
leinerbin überschrieben habe und die Papiere bei
einem vertrauenswürdigen Notar hinterlegt seien.

Er bat sie auch darum, Raoul nichts davon mitzuteilen. Vermutlich hatte Georg ihren Ehemann bereits damals besser durchschaut als sie selbst. Tränenüberströmt fiel sie auf ihr Bett. Sie wunderte sich, dass sie immer noch weinen konnte, nach all dem Leid, das ihr in letzter Zeit widerfahren war. Nun war auch noch ihr geliebter Großvater schwer krank. Doch wenigstens würde das Gestüt ihn Deutschland ein Platz sein, an den sie jederzeit zurückkehren konnte. Als ihr das klar wurde durchströmte sie ein Gefühl der tiefen inneren Ruhe. Sie wusste nun was zu tun war.

Mit weiblicher Raffinesse schaffte sie es tatsächlich Raoul davon zu überzeugen, sie nach Spanien mitzunehmen. Er meinte, er würde gerne Djamal reiten und Aurelia stimmte ihm zu. Sie wusste, was er in Wirklichkeit vor hatte. Denn er wollte ihren Hengst mitnehmen um ihn, ohne ihr Wissen und ohne sie zu fragen, an den König zu verkaufen.

Es würde heute ein wunderschöner, goldener Oktobertag werden als die Sonne am frühen Morgen in zartem rosa erwachte. Sie sattelten die Pferde, banden ihre Provianttaschen an die Sättel und machten sich auf den Weg in Richtung Madrid. Sie hielten sich oberhalb der malerischen Westküste, bis sie dann nach Süden in Richtung Landesinneres ritten.

Nachts suchten sie sich hübsche kleine Herbergen wo sie und die Pferde sicher unterkommen konnten. Tagsüber schlossen sie sich anderen Reisenden an, denn so sank die Gefahr überfallen zu werden auf ein Minimum.

Je näher sie der Hauptstadt Spaniens kamen, desto aufgekratzter wurde Raoul. „Du wirst sehen, es wird Dir am spanischen Hof sehr gefallen. Dort herrscht ein buntes Treiben und Du wirst auch viele unterschiedliche Nationalitäten sehen. Und natürlich die neuesten Modetrends."

Aurelia spielte die Ahnungslose. Meistens ritten sie schweigend nebeneinanderher. Die Sonne brannte heiß und Aurelia hatte sich ein Tuch um ihre Haare geschlungen. Auch wenn sie keinen großen Wert auf Konversation mit ihrem Ehemann legte, durfte sie sich nicht anmerken lassen, dass sie ihre eigenen Pläne verfolgte. Sie hatte jedoch Hoffnung etwas über Don Carlos und Don Pedro de Fernandez zu erfahren. Pedro musste ihr Vater sein. So war es im Brief ihrer Mutter damals gestanden und auch Georg hatte es so vermutet.

Raoul war glücklich. Im tiefsten Inneren seines Herzens hasste er das Provinznest, in dem er lebte. Er wollte in Prunk leben, große Feste geben, gesehen werden. Am Hof des Königs war immer etwas los, es gab rauschende Feste, auf denen man zeigen konnte, was man hatte und dass man Jemand war. Dort hatte Raoul – bei einem seiner früheren Reisen - auch Pedro de Fernandez kennengelernt und dieser konnte die Schmach kaum ertragen, dass Georg von Dorner damals seinen Zuchthengst nicht herausgerückt hatte und sein Vater deshalb zur Strafe im Kerker verrotteten musste. Das hatte Raoul auch erst auf die Idee gebracht dem König vielleicht doch noch ein Tier aus dieser edlen Abstammung verkaufen zu können. Nun würde Raoul ihm tatsächlich einen wertvollen Zuchthengst mitbringen, viel Gold bekommen und in der Gunst des Königs steigen. Dann müsste er auch nicht das heimische Gestüt übernehmen. Die tiefe Liebe zu den Pferden fehlte ihm nämlich. Aber das hätte er seinem Vater so nie sagen können. Dieser hoffte immer noch darauf, dass er sein Lebenswerk fortsetzte und Kinder zeugte.

Raoul dachte nämlich gar nicht daran mit dem Erlös das heimische Gestüt zu sanieren. Er wollte sein Leben in Luxus genießen mit Wein, Weib und Gesang. Außerdem wäre er so weit weg von Natalie und ihrer Unpässlichkeit. Es war alles viel einfacher gegangen als er gedacht hatte. Was machte es schon, dass Aurelia im Moment unglücklich war.

Sie würde das Leben am Hof bestimmt auch genießen, wenn sie es erst einmal kennengelernt hatte. Ganz in seine eigenen Überlegungen vertieft bemerkte er nicht wie Aurelia in von der Seite musterte.

Aurelia lachte in sich hinein. Als ob sie nicht wüsste, dass er gar nicht mehr vor hatte nach Frankreich zu seinen Eltern und Natalie zurückzukehren. Sie fühlte sich in Frankreich sowieso nicht wohl. Ihr zu Hause war Gestüt Dorner Hof. Sie hatte bereits alle ihre Wertsachen und Djamals Besitzurkunde mitgenommen. Raoul hatte sie nichts davon erzählt. Schon gar nicht, dass sie inzwischen die rechtmäßige Besitzerin von Gut Dorner Hof war.

Als sie dann endlich – nach einer sehr beschwerlichen Reise – in Madrid ankamen, war Aurelia mehr als erschöpft. Sie wollte sich nur noch ausruhen.

Das Schloss, welches mitten in der Stadt vor ihr aufragte, war riesig. Durch ein großes Tor kam man in einen großen Innenhof mit mosaikgefliesten Wasserbecken und wunderschönen Torbögen. Sie stiegen ab und übergaben die Pferde an einen Stallburschen. Dann gingen sie in die große Halle, nannten ihre Namen und wurde in eigens für sie bereitgehaltene Gemächer geführt. Hier hatten sie getrennte Schlafzimmer mit einer Verbindungstür, was Aurelia als sehr praktisch empfand. Als sie endlich allein war, suchte sie sich ein sicheres Versteck für ihre Wertsachen. Sie fand eine lose Platte unterhalb des gemauerten Kamins und steckte alles dort hinein. Dann wusch sie sich flüchtig in der bereitgestellten Waschschüssel und zog sich um bevor ihr Ehemann sie abholte, um ihr die weitläufigen Räumlichkeiten und Gärten des Palastes zu zeigen. Abends brachte Ihnen ein Page einige exquisite Speisen und ihr teilweise unbekannte Speisen auf ihre Zimmer.

Am nächsten Morgen – sie hatte recht gut geschlafen – klopfte ein livrierter Diener und teilte Raoul mit, dass der König ihn empfangen wolle. Aurelia war zu der Audienz nicht zugelassen. Ihr war auch klar warum. Es sollte Niemand von dem Geschäft den Hengst betreffend wissen.

König Ferdinand der VII. war ein kleiner, hagerer Mann. Sein dunkles Haar wurde bereits schütter. Er saß auf seinem Thron im Empfangssaal und bat Raoul näherzutreten.

„Ich habe mir den Hengst bereits angesehen" sagte der König. „Ihr seid ja schon gestern eingetroffen und hier bleibt nicht viel geheim. So ein wundervolles Tier habe ich schon lange nicht mehr gesehen. Ihr werdet so viel Gold für ihn bekommen, dass ihr bis ans Ende Eures Lebens ohne Sorgen leben könnt. Darf ich Euch heute Abend zum Essen an meinen Tisch bitten?"

Zufrieden verbeugte Raoul sich und nahm die Einladung natürlich gerne an. Innerlich triumphierte er. Irgendwann würde Aurelia von dem Verkauf ihres Pferdes erfahren, aber sie ließ sich sicher auch vom schönen Leben hier verleiten und mit der Zeit würde ihr das sicher egal sein. Trotzdem wollte er es ihr noch nicht sagen und überbrachte ihr nur die Botschaft, dass sie heute Abend zum Essen an die Königstafel eingeladen seien. Aurelia fragte nicht nach warum. Sie vermutete, dass Raoul das Geschäft bereits abgewickelt hatte. Doch ohne Besitzurkunde des Hengstes konnte er ihn eigentlich gar nicht verkaufen und somit war er immer noch ihr Eigentum.

Eine Zofe kam am späten Nachmittag in ihre Gemächer und half Aurelia ihr bestes Kleid anzuziehen, die Haare aufzustecken und ihren Smaragdschmuck anzulegen. Dann ging sie mit Raoul in den großen Speisesaal. Auf dem Weg dorthin bewunderte sie die vielen kostbaren Wandteppiche mit Jagdszenen und unbekannten Tieren.

Es hatten etwa vierzig Personen an der langen Tafel Platz genommen. Die unglaublich langen Adelstitel der einzelnen Personen hatte sie sich nicht merken können. Zu ihrer Linken saß eine waschechte Gräfin, die ihre Nase sehr weit oben trug und mit der Aurelia absolut nichts anfangen konnte, denn sie wirkte kühl und oberflächlich. Zu ihrer Rechten saß ein junges Fräulein die einen sehr sympathischen, doch etwas verschüchterten Eindruck machte. Mit ihr entwickelte sich eine vorsichtige Konversation. Die Dame stelle sich als Sonya de Fernandez y Moraya vor. Sie sei eine entfernte Verwandte des Königs und lebe ebenfalls am Hof. Sie müsse sich zwar um nichts sorgen, aber oft fühle sie sich sehr einsam. Dies konnte Aurelia sofort nachvollziehen. Denn sie hatte auch keine Vertrauensperson, mit der sie sich austauschen konnte. Als die Tafel endlich aufgehoben wurde ging Aurelia sofort müde zu Bett.

Bereits am frühen Morgen, der Tag war gerade erst angebrochen, machte Aurelia sich auf den Weg zu den königlichen Stallungen. Der Stallmeister beäugte sie zunächst misstrauisch. Als sie ihm jedoch erklärte, dass sie den Araberhengst Djamal besuchen wolle, fing er an zu lächeln und kam ins Schwärmen. „Dieser weiße Hengst ist ein absolutes Prachtexemplar. Der König ist ganz begeistert von ihm und freut sich bereits auf viele schöne Nachkommen von ihm. Mein Name ist Alfonso. Ich bin der Oberstallmeister in diesem Gebäude und für die Pferde verantwortlich. Unser Stallbursche Tarek kümmert sich um das Pferd. Er kennt sich sehr gut mit Pferden aus, ist aber ein ruhiger und schüchterner Bursche. Der König hat ihn ursprünglich als Sklaven gekauft. Er stammt irgendwo aus dem Orient."

Aurelia war fast froh seinem Redeschwall entgehen zu können und machte sich auf den Weg die Stallgasse entlang auf der Suche nach Ihrem Hengst. „Wo ist denn Djamal untergebracht?"

„Dort, in der letzten großen Box in der Reihe."

Sie ging bis ans Ende der Stallgasse. Djamal erkannte sie sofort und schnaubte leise. Zärtlich knabberte er an ihrem Arm. Sie blickte ihm zärtlich in seine sanften, schwarzen, langbewimperten Augen und versprach ihm wiederzukommen. Jetzt hatte sie sich wenigstens schon einmal die eventuellen Fluchtwege angesehen, die aus den Stallungen herausführten.

Nach ihrem Besuch bei Djamal ging sie den gepflegten Weg zum Schlosspark hinunter. Sie hoffte dort Sonya zu treffen. Als sie schon fast aufgegeben hatte entdeckte sie das Mädchen bei einem kleinen Pavillon. „Guten Tag Sonya, darf ich mich zu Ihnen setzen?"

Sonya freute sich sehr Aurelia zu sehen. „Aber natürlich. Es ist oft sehr langweilig hier und deshalb ist es immer nett etwas Abwechslung zu haben."

Nachdem sie über belanglose Dinge gesprochen hatten, schien Sonya Vertrauen gefasst zu haben. Aurelia beschloss sie ein bisschen auszuhorchen. Sonya war damals noch ein Kind gewesen, hatte aber durch Klatsch und Tratsch der Höflinge von Don Carlos und Don Pedros Geschichte gehört. Eigentlich wusste jeder der am Hof lebte davon.

„Ach ja, das ist eine sehr traurige Geschichte. Mein Großonkel Carlos de Fernandez sollte für den König einen wundervollen weißen Araberhengst einkaufen. Dafür reiste er extra nach Deutschland. Sein Sohn Pedro begleitete ihn damals. Leider kam er ohne das Pferd zurück, weil der Besitzer es unter keinen Umständen verkaufen wollte, und so wurde Carlos in den Kerker geworfen, wo er verstarb. Don Pedro ist nun der neue Unterhändler des Königs und wird jedes Mal fürstlich belohnt, wenn es

ihm gelingt ein edles Tier aus dem Orient mitzubringen. Momentan ist er auf dem Weg nach Ägypten. Der Sultan von Alexandria hat ein paar sehr
edle Tiere zum Verkauf angeboten. Die will er sich
wohl ansehen.

„Das ist ja wirklich eine sehr traurige Geschichte
liebe Sonya" sagte Aurelia und drückte Sonyas
Hand. Gleichzeitig war sie innerlich fürchterlich
aufgewühlt über diese Nachrichten. Das Glück
schien ihr hold. Durch einen glücklichen Umstand
hatte sie genau die Person getroffen, die ihr mehr
über ihren Vater erzählen konnte. Alles fügte sich
plötzlich nahtlos ineinander.

Sie beschloss ihren wunderschönen Smaragdschmuck zu verkaufen. Sicher war er einiges wert.

„Liebste Sonya, gibt es hier denn Jemanden der
meinen schönen Schmuck kaufen würde?" Das
junge Mädchen schaute sie zwar etwas seltsam an,
aber sie hatte das Collier und die Ohrringe bereits
gestern bewundert als Aurelia sie getragen hatte.

„Ich werde ihn für mich selbst kaufen. Ich habe ein
wunderschönes Kleid zu dem dieses Collier hervorragend passen würde. Ich gebe Euch dreißig
Goldstücke dafür. Seid ihr damit einverstanden?"
Aurelia war einverstanden. Das würde für ihre Suche und für die Heimkehr nach Deutschland sicher

reichen, wenn sie es gut einteilte. Als nächstes musste sie sich Männerkleidung besorgen und Informationen über ihre Reiseroute einholen. Sie beschloss dies auf den nächsten Tag zu verlegen. Sie durfte nichts überstürzen, aber ihr war klar, dass sie trotzdem bald aufbrechen musste. Womöglich würde der König den Hengst bewachen lassen.

Am nächsten Tag ließ sie sich eine Kutsche anspannen und fragte den Kutscher nach einer Buchhandlung. In einer kleinen Seitenstraße gab es einen entzückenden kleinen Laden. Sie erstand Karten von Spanien, Nordafrika und Ägypten. Sie versteckte die Schriftrollen unter ihrem weiten Kleid und ließ sich zurück ins Schloss fahren.

Als sie ihr Pferd zurückgeben wollte sah sie im Sattelgang einen jungen Mann stehen. Er schaute trübsinnig auf den Boden. Es war der Stallbursche Tarek den sie am Tag zuvor schon in der Nähe ihres Hengstes gesehen hatte. Aurelia sprach ihn an.

„Was ist denn los, dass ihr so schlechter Laune seid?" fragte sie.

„Nun ich habe durch einen Landsmann heute erfahren, dass meine Mutter im Sterben liegt. Da ich das Eigentum des Königs bin, kann ich nicht einfach zu ihr heimreiten. Der König würde mich umbringen lassen. Ich werde sie wohl nie wieder sehen. Deshalb bin ich so traurig."

Aurelia ergriff die Gelegenheit die sich hier bot.

„Zufälligerweise suche ich einen männlichen Begleiter, der mich nach Ägypten führt und mich ein wenig beschützt und auch die Sprache spricht. Du könntest dann Dein Dorf besuchen und Deine Mutter noch einmal sehen, um Abschied von ihr zu nehmen. Allerdings müssten wir spätestens übermorgen Nacht aufbrechen und Du darfst auch mit keinem darüber sprechen. Mein Mann hat meinen Hengst Djamal an den König verkauft und ich werde ihn mitnehmen, denn er ist mein Eigentum. Allerdings befürchte ich, dass mir die Eigentumsurkunde nicht viel nützt und mich der König in den Kerker werfen lässt wenn ich ihm Djamal nicht offiziell aushändige. Zuvor muss ich aber noch nach Alexandria und meinen richtigen Vater finden. Es muss aber unbedingt unser Geheimnis bleiben. Versprichst Du mir das? Sie werden uns mit Sicherheit verfolgen und wenn sie uns erwischen, dann Gnade uns Gott, denn dann sind wir des Todes oder werden ganz sicher alle Beide langsam im Kerker verrotten. Willst Du dieses Risiko wirklich eingehen und wenn Ja, kannst Du mir Männerkleidung besorgen?"

173

Tarek schaute sie zuerst skeptisch an, überlegte kurz, doch dann war er Feuer und Flamme. „Ja, das kann ich. Wir treffen uns übermorgen, nachdem es dunkel ist, hier im Stall. Ich werde Deinen Hengst Djamal und ein weiteres Pferd gesattelt bereithalten."

Sie gaben sich die Hand und besiegelten damit ihr Versprechen. Aurelia machte sich auf den Weg ins Schloss, zu ihren Gemächern und versuchte ihre innere Unruhe zu verbergen. Raoul bekam von alledem nichts mit. Er war viel unterwegs und kam nachts erst sehr spät oder manchmal auch gar nicht in sein Zimmer. Vermutlich versuchte er Kontakte zu knüpfen, denn schließlich wollte er hierbleiben. So musste Aurelia keine Angst vor Entdeckung haben und konnte in Ruhe ihre Landkarten studieren. Sie hatten zwei Möglichkeiten. Entweder sie nahmen den kürzeren Weg über Valencia und legten bereits im Hafen von Algier an oder den längeren Weg von Gibraltar mit dem Schiff über die Meerenge nach Casablanca und dann den Landweg an der nordafrikanischen Küste entlang nach Alexandria.

Sie entschloss sich für den kürzeren Weg und wollte zunächst mit Tarek nach Valencia reiten und ein Schiff nach Algier auftreiben oder eventuell

auch direkt nach Tunis. Es musste nur zeitnah ab-
legen. Dann konnten sie sich den ganzen Landweg
durch Marokko sparen und würden bereits in Algerien oder Tunesien vom Schiff gehen können. Danach mussten sie sich im schlimmsten Fall über tunesischen und lybischen Boden nach Ägypten
durchschlagen. Sie würde sich ganz auf Tarek verlassen müssen. Hoffentlich konnte sie ihm vertrauen. Aber sie hatte gefühlt, dass der junge Mann
unbedingt von hier wegwollte. Vermutlich hatte er
nur Jemanden gebraucht der ihn anfeuerte. Tarek
kam ursprünglich aus Tunesien und da sie auf dem
Weg nach Alexandria sowieso durch Tunesien hin-
durchmussten, konnten sie genauso gut noch einen
Abstecher in sein Heimatdorf machen. So konnte
er von seiner Mutter Abschied nehmen. Sie konnte
gut verstehen, dass dies dem jungen Mann sehr
wichtig war. Die Familie war sehr wichtig.
Der Tag des Aufbruchs war gekommen. Aurelia
war schon sehr früh wach geworden. Innerlich war
sie furchtbar nervös, denn Niemand durfte jetzt
noch etwas bemerken. So zog sich der Tag doch
sehr langsam dahin. Am späten Nachmittag ging
sie zu den Stallungen hinunter, um nach Djamal
und Tarek zu sehen. Dieser hatte bereits Kleidung
und Proviant besorgt und im Strohlager versteckt.

Sie würde sich also dort umziehen können. Raoul war so mit seinen Kontakten beschäftigt, dass sie ihn kaum zu Gesicht bekam und er zum Glück nicht bemerkte, wie nervös seine Frau war.

Ausrechnet an diesem Abend hatte der König darauf bestanden, dass sie wieder an seiner Tafel sitzen sollten. Zu später Stunde, als alle sich reichlich dem Wein und den Völlereien hingegeben hatten, gelang es Aurelia endlich, ihren betrunkenen Mann ins Bett zu verfrachten. Er schlief sofort ein und fing an zu schnarchen.

Aurelia ging auf Zehenspitzen zu ihrem Versteck unter dem Kamin, löste den losen Stein und holte die Goldstücke und die Eigentumsurkunde Djamals heraus die Georg ihr mitgegeben hatte. Dann stahl sie sich aus ihrem Zimmer zum Stallgebäude hinunter, wo Tarek bereits ungeduldig mit den gesattelten Pferden wartete. Die Hufe der Tiere hatte er mit alten Lappen umwickelt damit sie leise über den Innenhof gehen konnten. Raoul bekam nichts von all dem mit, er schlief selig seinen Rausch aus. Tarek war schon aufgestiegen. Er hatte sich eine wendige, kleine Fuchsstute namens Zaihnab ausgesucht was übersetzt so viel hieß wie Wüstenblume. „Schnell Aurelia, wir müssen aufbrechen."
Der junge Mann hatte Djamal mit einer Mischung aus Bienenwachs und Asche eingerieben, so dass er nicht mehr leuchtend weiß war, sondern eher dunkelgrau schmutzig. Doch trotzdem brauchte es ihr ganzes Geschick an den Wachen vorbeizukommen, die das Tor zum Schloss bewachten. Doch es gelang, denn zu ihrem Glück kam eine Hübschlerin vorbei und lenkte die beiden Soldaten ab. So ritten Aurelia und Tarek unbehelligt durch das Stadttor und die Nacht verschluckte sie bald darauf.

Sie ritten die ganze Nacht, um möglichst viel Vorsprung zu bekommen. Der neue Tag dämmerte bereits als sie in der Nähe eines kleinen Dorfes rasteten.

„Komm lass uns erst einmal etwas essen und trinken damit wir bei Kräften bleiben" meinte Tarek.

Aurelia schaute Tarek das erste Mal genauer an. Er war ein hübscher Bursche, vermutlich etwas älter als sie. Seine Haut war hellbraun, seine Augen fast schwarz und seine Haare ebenfalls. Außerdem machte er einen sehr sauberen und klugen Eindruck. Sie nahm sich ein Stück des Brotes, teilte es in zwei Hälften und reichte ihm seinen Anteil. Schweigend aßen sie. Dann erzählte sie ihm ihre ganze Geschichte.

„Wenn Du jetzt aussteigen willst, kann ich Dich verstehen Tarek. Für mich als Frau dürfte es allerdings kaum möglich sein allein nach Ägypten zu kommen. Deshalb wäre ich Dir sehr dankbar, wenn Du weiter mitkommen würdest. Außerdem spreche ich kein arabisch und kenne auch die Sitten und Gebräuche dieser Länder nicht. Du würdest mir also sehr helfen."

Tarek erwiderte: „Keine Angst. Ich möchte meine Mutter noch einmal sehen, denn ich liebe sie sehr. Sie weiß nicht einmal, dass ich als Sklave hierher nach Spanien verkauft worden bin und hatte sicher sehr großen Kummer als ich nicht mehr nach Hause kam. Du kannst mir getrost vertrauen. Wir müssen allerdings sehr aufpassen. Ich denke, dass wir nicht sehr viel Vorsprung haben. Wenn wir mit unserem Proviant sparsam umgehen, reicht es vermutlich bis zur Küste. Wir können uns von den Dörfern fernhalten und somit unsere Spuren etwas verwischen. Je weniger Leute uns sehen, desto besser."

Aurelia lachte. „Ich hätte nur das Gesicht meines Mannes sehen wollen als er bemerkt hat, dass ich mit Djamal weg bin. Aber Du hast recht. Sie werden nach uns suchen und deshalb müssen wir schleunigst weiter. Also schnell weg hier." Tarek saß bereits wieder auf seinem Pferd.

Zur Mittagsstunde des vierten Tages sahen sie bereits das Meer in der Ferne glitzern. Aurelia war überwältigt von diesem Anblick. Obwohl sie Beide kaum geschlafen hatten, mussten sie weiter. Ein Schiff zu finden war jetzt das Wichtigste, denn dann waren sie erst einmal in Sicherheit, bis sie irgendwo an der nordafrikanischen Küste anlegen würden. In wildem Galopp preschten sie Richtung Meer.

Kurz vor den Stadtmauern Valencias hielten sie nochmals an. Tarek sagte: „Ich werde jetzt in die

Stadt reiten und uns ein Schiff suchen, das uns mitnimmt. Dazu brauch ich aber Geld. Außerdem werde ich noch etwas Proviant für die Überfahrt besorgen. Du bleibst so lange hier, versteckst Dich und reibst Djamal nochmals mit der Paste ein."

Aurelia drückte ihm vier der Goldstücke in die Hand. Sie hatte ein wenig Angst, dass Tarek nicht mehr wieder kommen würde. Aber sie musste ihm vertrauen, ansonsten konnte sie die Reise vergessen und gleich nach Hause reiten.

Tarek zog ein kleines Beutelchen aus seinem Hemd. „Hier nimm das. Er drückte ihr die Bienenwachspaste in die Hand. Niemand darf in Djamal einen Schimmel vermuten." Aurelia lächelte ihn an und Tarek ritt auf seiner Stute davon in Richtung Hafen.

Aurelia machte sich an die Arbeit. Sie rieb den Hengst komplett ein. Er hielt still, als ob er wüsste, dass von dieser Prozedur ihr aller Leben abhing. Als sie ihn von Kopf bis zu den Hufen eingerieben hatte bemerkte sie wie müde sie eigentlich war. Auf dem Schiff würde sie noch genug schlafen können. Sie seufzte und ging zu dem kleinen Bächlein hinunter welches in Richtung Stadt zum Meer hinfloss und füllte die Wasserschläuche auf.

Da sie jedoch noch auf Tarek warten musste, legte sie sich an das Ufer des Bächleins. Sie musste wohl doch kurz eingenickt sein, denn sie erwachte erst als sie Jemand an den Schultern rüttelte.

„Wach auf, ich habe ein Schiff für uns gefunden. Es fährt direkt von Valencia nach Algier."

Erschrocken fuhr Aurelia hoch. „Ach Du bist es Tarek. Das sind großartige Neuigkeiten. Wann fährt denn das Schiff?"

Tarek lächelte. „In zwei Stunden legt es ab. Wir müssen uns beeilen. Was hast Du denn da für einen hässlichen grauen Klepper dabei. Ich bin sicher, dass ihn so Niemand erkennen wird." Er meinte damit Djamal der richtig hässlich aussah mit seinem stumpfen, dunkelgrauen Fell. Er sah eher aus wie ein zierlicher, alter Esel, nur fehlten ihm die langen Ohren.

Sie stiegen wieder auf und ritten zum Hafen. Dort schifften sie sich auf einen flotten, schnittigen Zweimaster ein und kurze Zeit darauf legte das Schiff ab und fuhren gen Algier. Sie hatten die Pferde unter Deck gebracht und ihre Schlafteppiche neben den Tieren ausgerollt. Es roch muffig nach Pisse und anderen Dingen dort unten, aber das war ihnen egal. Als das Schiff endlich auf hoher See war, fiel die Spannung von Ihnen ab und sie legten sich zur Ruhe. Endlich konnten sie sich von den bisherigen Strapazen etwas erholen.

Das Schiff war ein schlanker und schneller Zweimaster namens Lorena. Die Gallionsfigur war einer spanischen Schönheit nachempfunden. Der Wind stand gut, die Segel blähten sich und es ging flott voran. Der Kapitän war ein noch jung wirkender Mann, der spanisch sprach. Er hatte sich etwas gewundert über den kleinen, zierlichen Jungen, der kein Wort sprach und den jungen Tunesier. Aber die Beiden hatten gut bezahlt und somit wollte er keine Fragen stellen. Ein kleiner Zusatzverdienst war immer willkommen, denn mit dem Transport der spanischen Stoff- und Töpferwaren verdiente er nicht viel. Es reichte gerade zum Leben. Außerdem schienen die beiden Männer genügsam zu sein. Sie hielten sich meistens bei ihren Pferden unter Deck auf und kamen nur hin und wieder an Deck, um etwas frische Luft zu schnuppern. Selbst den Proviant hatten sie sich selbst mitgebracht und verursachten somit keine weiteren Kosten für ihn. Außerdem hielten sie sich von seiner Besatzung fern, was ihm sehr recht war, denn dann gab es keine eventuell aufkeimenden Streitereien. Er bemerkte nicht, dass der zierliche, scheinbar stumme Junge, ein verkleidetes Mädchen war, nämlich Aurelia.

Inzwischen waren fast sechs Tage auf hoher See vergangen, seit sie von der Küste Spaniens abgelegt hatten. Das viele Wasser und das Schlingern des Schiffes konnte einen mürbe machen. Sogar die Pferde schienen ständig seekrank zu sein. Aurelia hatte mehrmals die Fische gefüttert, obwohl die Überfahrt bisher doch ruhig verlaufen war. Inzwischen hatte sie sich jedoch einigermaßen an die rollenden Bewegungen des Schiffes gewöhnt und ihr Essen bei sich behalten können.

„Wann sind wir denn endlich in Algier?" fragte sie wohl zum hundertsten Mal. Tarek erkundigte sich beim Kapitän. „Wenn der Wind so anhält, werden wir in etwa zwei Tagen festen Boden unter den Füßen habe. „Ich hoffe meine Mutter ist noch am Leben" murmelte Tarek vor sich hin.

Beide hatten an Deck etwas frische Luft geschnappt und stiegen gerade wieder die schmale Treppe zu ihrem Quartier hinunter. „Denkst Du sie werden uns weiterverfolgen?" sinnierte Aurelia.

„Ich denke schon, sie werden inzwischen sicher unsere Spur aufgenommen haben und wissen, dass wir in Valencia ein Schiff genommen haben. Deinen Hengst und Dich werden sie jagen bis sie ihn haben. So einfach gibt der König nicht auf. Der hat auch bessere Bedingungen als wir. Und da er ein harter König ist, wird er Dir das auch nicht durchgehen lassen, wenn er Dich erwischt. Er wird Dich umbringen lassen."

In diesem Moment verzog Aurelia das Gesicht. „Was ist los mit Dir? Geht es Dir nicht gut?" fragte der junge Mann besorgt. „Ich weiß nicht, vielleicht war alles einfach ein bisschen zu viel für mich. Seit ein paar Tagen habe ich ständig diese Übelkeit und Bauchweh. Vielleicht ist das Wasser nicht mehr gut oder ich habe etwas Verdorbenes gegessen."

Tarek holte eine weitere Decke und legte sie Aurelia um die Schultern. „Sobald wir algerischen Boden unter den Hufen haben, ist es nicht mehr weit nach Tunesien. Dann reiten wir in mein Dorf. Dort gibt es eine Heilkundige, die kann Dir sicher helfen. Wenn ich den Boden meines Heimatlandes spüre, dann werde ich endlich wieder ich selbst sein." Sie blickte ihn dankbar an.

Inzwischen hatte sie volles Vertrauen zu ihm. Bisher war er sehr zurückhaltend gewesen, obwohl sie direkt nebeneinander schliefen. Er hätte dies durchaus ausnutzen können, hatte es aber in keiner Weise getan. Sie blickte hinüber zu Djamal. Die dunkle Farbe war an manchen Stellen verblasst und ein paar helle Flecken zeigten sich. Sie würde ihn noch einmal behandeln müssen, bevor sie die Küste erreichten. Mit einem hässlichen grauen Pferd, das wie ein alter Esel aussah, würden sie weiterhin viel weniger auffallen als mit einem schneeweißen, feurigen Araberhengst. Aber nun würde sie erst noch etwas schlafen. Sie würden ihre Kraft brauchen.

Mitten in der Nacht erwachte Aurelia. Es war drückend heiß im Bauch des Schiffes und sie beschloss etwas kühlere, frische Nachtluft zu schnappen. Leise kletterte sie die Leiter ans Deck hoch, denn sie wollte ihren tunesischen Freund nicht wecken. Der Kapitän stand dort oben an seinem Steuerrad und hielt Nachtwache. „Guten Abend Junge, kannst Du nicht schlafen?"

Da er den vermeintlichen Jungen noch nie hatte sprechen hören und Tarek ihm erzählt hatte, dass er stumm sei, erwartete der Mann auch keine Antwort. Dennoch wollte er höflich sein. Aurelia lächelte ihn an und nickte nur. Zu gerne hätte sie selbst nach der Ankunftszeit des Schiffes gefragt, aber dann wäre ihre Tarnung aufgeflogen, also zwang sie sich zu schweigen. Doch der Kapitän schien froh über ein bisschen Gesellschaft zu sein und redete einfach vor sich hin.

„Es scheint der Wind weiß, dass ihr es kaum erwarten, könnt von Bord zu gehen. In der Tat steht er günstig und wenn wir Glück haben, laufen wir bereits morgen im Hafen von Algier ein. Ihr werdet sehen, die weiße Stadt ist ein überwältigender Anblick. Vom Wasser aus wirkt sie rein und unschuldig."

Aurelia freut sich innerlich, dass sie endlich eine weitere Etappe ihrer Reise hinter sich haben würde. Sie nickte dem Kapitän zu und ging wieder hinunter. Sie betrachtete den tief schlafenden Tarek der sich unter seiner Decke zusammengerollt hatte. Er war sehr hübsch. Sein Haar war leicht gewellt, fast schon kraus und seine Haut hatte die Farbe von Milchkaffee, was sie sehr schön fand. Seine dunklen, dicht bewimperten Augen strahlten Wärme und Vertrauen aus. Auch Raoul war sehr attraktiv, doch dessen kornblumenblaue Augen hatten immer kühl gewirkt, selbst wenn er lächelte.

Bei den Gedanken an Raoul kamen ihr die Tränen. Es war das Beste ihn zu vergessen und alles hinter sich zu lassen. Sie wusste nun, dass er sie nie wirklich geliebt hatte. Vielmehr war sie sein hübsches Spielzeug gewesen und auch Mittel zum Zweck. Aber hatte sie selbst denn Raoul wirklich geliebt? Sie hatte es zumindest gedacht. Aber was wusste sie schon von wahrer Liebe. Sie hatte bisher keine Vergleichsmöglichkeiten gehabt. Seltsamerweise fühlte sie sich Tarek bei weitem seelisch viel tiefer verbunden. Es ging so viel Wärme von ihm aus. Auch mit den Pferden ging er immer liebevoll um. Sie hatte ihn noch nie ungeduldig werden gesehen. Der junge Tunesier hatte sie nie über ihren Mann ausgefragt. Er wusste nur, was sie ihm bisher erzählt hatte und das war wirklich nur das Nötigste. Er hatte alles, was sie tat ganz einfach akzeptiert und bisher in jeder Lage zu ihr gehalten. Obwohl er nie eine Schule besucht hatte, behauptete er sich im täglichen Leben besser als jeder dieser eingebildeten adligen Affen, die sie bisher kennengelernt hatte.

Plötzlich regte sich der junge Mann. „Oh Aurelia, warum schläfst Du denn nicht. Habe ich geschnarcht und Dich aufgeweckt?" fragte er verschlafen.

„Nein, ich habe schon ausgeschlafen. Ich war vorher an Deck und der Kapitän meinte, dass wir morgen eventuell schon anlegen werden. Sobald es hell ist, muss ich unbedingt Djamal noch einmal mit der Paste behandeln. Hast Du noch welche?"

Tarek lächelte. „Das habe ich doch gestern Abend schon erledigt, während Du geschlafen hast. Er hat jetzt wieder ein dunkles Fell und Niemand würde den Schimmel in ihm vermuten."

Aurelia war gerührt. „Tarek Du bist ein wahrer Schatz. Was würde ich nur ohne Dich machen?"

Tarek zog Aurelia an den Händen zu sich heran. „Weißt Du eigentlich was für eine wunderschöne Frau Du bist?"

Erschrocken löste sich Aurelia aus Tareks Armen. „Tarek bitte lass das. Ich mag Dich auch sehr. Aber ich möchte mich nie wieder in einen Mann verlieben."

Er lachte. „Es scheint, dass alles an Dir mit Problemen behaftet ist. Aber auch wenn Du mich nicht lieben möchtest, werde ich Dir nach wie vor helfen Dein Ziel zu erreichen. Schließlich haben wir einen Deal. Auch wenn ich meine Dummheit vielleicht mit dem Leben bezahlen muss. Ich von meiner Seite habe mich unsterblich in Dich und Deine grünen Augen verliebt. Ich liege Dir zu Füßen. Mach mit mir und meinem Leben, was auch immer Du willst."

Das junge Mädchen tastete nach Tareks Gesicht. „Machst Du das alles, weil Du mich liebst?"

Behutsam streichelte Tarek ihre Hand. „Ja Aurelia. Ich habe mich sofort in Dich verliebt. Aber ich weiß sehr wohl, wo mein Platz ist und dass es mir nicht zusteht mich einer so schönen, edlen Dame zu nähern. Aber das Herz macht manchmal einfach was es will und träumen darf man immer. Ich würde Dich auch nie zu etwas zwingen das nicht aus Deinem Herzen kommt. Das schwöre ich Dir. Aber auf meine Treue zu Dir, wenn nötig auch als Freund, kannst Du vertrauen. Auch das schwöre ich Dir bei meinem Gott Allah."

Aurelia war tief gerührt und ein paar Tränchen stahlen sich in ihre olivgrünen Augen. Sie legte sich auf ihr Nachtlager und drehte sich weg, damit Tarek ihre Rührung über seine Worte nicht bemerkte.

Am nächsten Morgen packten sie beim ersten Tageslicht, das durch die Luke fiel, ihre Bündel und sattelten die Pferde. Unter den Matrosen herrschte ebenfalls bereits ein emsiges Treiben auf dem Schiff. Am nordafrikanischen Ufer tauchte die Silhouette Algiers Algier auf. Man nannte sie nicht umsonst die weiße Stadt. Alle Häuser waren weiß getüncht und strahlten in der Sonne, es blendete direkt. Händler mit ihren Karren warteten bereits am Ufer, um ihre Ware in Empfang zu nehmen.

Es war bereits sehr heiß denn die Sonne brannte unerbittlich, als Aurelia und Tarek von Bord gingen. Die Matrosen begannen sofort das Schiff zu entladen und es war ein heilloses Durcheinander. Es wuselte überall vor Menschen, die ihnen den Weg versperrten. Aurelia musste sich erst an den festen Boden unter ihren Füßen gewöhnen.

„Endlich wieder festen Boden unter den Füßen," rief Aurelia glücklich. Sie hatte einen kurzen Moment ganz vergessen, dass sie eigentlich den stummen Jungen spielte. Doch zum Glück hatte Niemand etwas davon mitbekommen, denn sie waren schon weit genug vom Schiff entfernt. Auch die Pferde schienen erfreut, dass das Schwanken endlich ein Ende hatte.

Die junge Europäerin war fasziniert von dem bunten Treiben im Hafen. Fremdartige Gerüche, fremdartige Menschen und die vollkommen andere Bauweise, mit vielen Rundbögen und meist blauen Türen, faszinierte sie. Tarek erklärte ihr, dass die blaue Farbe gute Geister und die Hilfe Gottes auf die Bewohner des Hauses lenken solle.

Die meisten der Männer trugen lange, weiße Gewänder und einen Turban, der in vielen Lagen um den Kopf geschlungen war. Die Kleider der Frauen waren jedoch schwarz und verhüllten sogar die Gesichter. Nur für die Augen waren kleine Gucklöcher vorhanden. Wie hielten das die Algerierinnen bei dieser Hitze nur aus und warum durften sie sich nicht zeigen? Tarek erklärte ihr, dass dieses Gewand Hedjab genannt wurde. Er erzählte ihr von der Religion seines Volkes und dass die Frauen dem Manne hier untertan waren. Es galt als unsittlich, wenn eine Frau ihr Gesicht oder andere Körperteile zeigte. Deshalb durften sie nur so verhüllt nach draußen gehen. Meistens war auch noch eine männliche Begleitung dabei.

„Weißt Du was Aurelia, wir reiten jetzt erst auf den Markt und kaufen Dir arabische Männerkleidung und einen Turban. Darunter kannst Du Deine Haare verstecken und ich reibe Dein Gesicht mit der Pferdepaste ein. Dann erkennt Dich sicher keiner als Europäerin."

Gesagt getan. Mitten in der Stadt gab es einen großen Marktplatz. Viele Holzstände waren aufgebaut. Unzähligen Gewürzen die Aurelia noch nie in ihrem Leben gesehen oder gerochen hatte waren hier zu finden. Getreide, Gemüse, selbst Kleidung in allen Größen gab es hier. Tarek verhandelte mit einem der Händler und erwarb einen weißen Kaftan samt Turban für wenig Geld. An einem der Stände gab es sogar Pasten für die Lippen in verschiedenen Rottönen. Tarek erklärte ihr, dass diese Pasten aus Läuseblut hergestellt wurden und die Lippen betonen sollten. Aurelia verstand nicht so ganz, warum eine verhüllte Frau diese Sachen benutzen sollte, denn man sah doch sowieso nichts. Aber sie behielt ihre Gedanken für sich. An anderen Ständen hingen halbe Lämmer oder Teile von Kamelen in der Sonne. Fliegen hatten sich bereits darauf niedergelassen. Das war ekelig fand das Mädchen und sie beschloss so wenig Fleisch wie möglich zu essen.

„Warum sieht man hier denn keine Schweine Tarek," fragte Aurelia."

Nun Du siehst, wie unhygienisch die Araber hier mit den geschlachteten Tieren umgehen." Das geht nicht mit Schweinefleisch, denn das verdirbt viel schneller."

Man lernt nie aus, dachte Aurelia. Andere Länder, andere Sitten.

Als sie etwas aus der Stadt hinausgeritten waren und sie niemand mehr sehen konnte, kleidete Aurelia sich um und Tarek rieb ihr Gesicht und den Hals mit der dunklen Paste ein. Es war die ideale Verkleidung. Jetzt konnte sie glatt als stummer Araberjunge durchgehen.

„Lass uns schnellstens verschwinden. Ich habe in der Stadt spanische Soldaten gesehen. Vermutlich suchen sie auch hier bereits nach uns."

Schnell stiegen sie auf ihre Pferde und versuchten so normal wie möglich zu wirken, um nicht aufzufallen. „Ich denke wir sollten nicht den Weg entlang der Küste nehmen. Dort wimmelt es sicher vor spanischen Soldaten oder auf uns angesetzte Söldner. Ich denke sie würden nie vermuten, dass wir durch die Wüste reiten. Aber ich kenn mich hier ganz gut aus. Wir reiten direkt von hier aus zu meinem Dorf. Wir müssen zwar über die Grenze, aber in der Wüste gibt es keine Grenzkontrollen. Außerdem ist es von der Entfernung näher, allerdings auch anstrengender. Haben wir noch genügend Wasser?" Aurelia bejahte. Die Wasserschläuche waren noch so gut wie voll.

Sie ritten im Schritttempo, denn das heiße Klima und die sandgeschwängerte Luft machten der jungen Frau und den Pferden zu schaffen. In einer kleinen Oase fanden sie zunächst Schutz, ruhten sich etwas aus und ritten in der aufkeimenden Dunkelheit weiter. Das war wesentlich angenehmer. Unbemerkt passierten sie die Grenze zwischen Algerien und Tunesien.

In der vierten Nacht, es war schon fast Tagesanbruch, erreichten sie eine Ansiedlung von Lehmhütten, die mit getrocknetem Gras eingedeckt waren. Sie standen kreisförmig und bildeten dadurch einen großen runden Innenhof. Das Dorf erwachte gerade und man hörte die vielen Stimmen der Bewohner. Einer nach dem anderen trat aus seiner Rundhütte, streckte und reckte sich. Ziegen und Schafe rannten quer über den Hof, dazwischen gackerten Hühner, die ebenfalls bei Tagesanbruch erwacht waren, bereit ihren Teil zur Eierversorgung beizutragen. Aurelia wunderte sich über den Geräuschpegel.

Tarek strahlte übers ganze Gesicht. „Wir sind daheim Aurelia. Schau da hinten ist mein früheres Haus. Lass uns gleich zu meiner Mutter gehen. Ich möchte keine Sekunde mehr warten. Hoffentlich kommen wir nicht zu spät."

Sie gingen zu einer der kleinen Rundhütten. Diese hatte keine feste geschlossene Tür, nur ein blaues Tuch war davor aufgehängt, vermutlich wegen der enormen Hitze. Tarek schob das Tuch zur Seite und ließ Aurelia eintreten. Die Hütte bestand lediglich aus einem einzigen Raum. Auf dem gestampften Lehmboden in der Ecke lag eine alte Matratze und darauf lag ein mageres, verhutzeltes Geschöpf.

Aurelia erschrak bei diesem Anblick und sie bemerkte, wie auch Tarek kurz zusammenzuckte. Er eilte zu der alten Frau und nahm sie in die Arme. Tränen liefen ihm über sein hübsches Gesicht. Es war kaum mehr Leben in diesem eingefallenen Körper und doch erkannte die alte Frau ihren Sohn sofort und ein strahlendes Lächeln huschte über ihr zahnloses Gesicht. Wenigstens war er noch rechtzeitig gekommen und konnte so noch Abschied nehmen.

Der Tunesier bat Aurelia kurz zu warten und ließ Aurelia mit der alten Frau allein. Sie fühlte sich unwohl und wusste nicht, was sie tun sollte, da sie ja kein Wort arabisch sprach. Bald darauf kam Tarek wieder und hatte ein paar jungen Mädchen im Schlepptau. Sie betrachteten Aurelia kichernd. Nach und nach schleppten sie zwei weitere Matratzen in die Hütte und einige größere gewebte Tücher zum Zudecken. Viel brauchte man nicht bei dieser Hitze. Eine etwa dreißigjährige Frau brachte etwas trockenes Holz herein und zündete in der dafür vorgesehenen Feuerstelle, in der Mitte der Hütte, direkt unter einem Abzugsloch, ein Feuerchen an. Eine andere brachte frisches Wasser, um das mitgebrachte Gemüse in einem Tontopf zu waschen. Dann wurde es kleingeschnitten, in einen anderen Tontopf mit Deckel gefüllt, gewürzt und direkt in das Feuer gestellt, um zu garen.

Tarek und die Mädchen unterhielten sich auf Arabisch. Aurelia konnte der Unterhaltung nicht folgen.

Sie war fasziniert von dem melodischen Singsang mit den vielen seltsamen Kehllauten. Sie fand die Sprache schön, hätte sie aber nie nachsprechen können.

Bald darauf war das Essen fertig. Tarek stellte ihr die Köchin als seine Schwester Chera vor. „Sie lebt in der Hütte nebenan und ist verheiratet. Lass uns essen und nimm bitte ausschließlich die rechte Hand zum Essen. Hier gibt es nämlich kein Besteck."

Chera hatte noch einige dicke Kissen gebracht und nun saßen sie alle um den großen Kochtopf herum der inzwischen etwas abgekühlt war. Jeder nahm sich mit der Hand etwas daraus, ballte das Getreide zu kleinen Bällchen und warf es sich in den Mund. Aurelia fand es ein bisschen seltsam, aber da sie großen Hunger hatte dachte sie bald nicht mehr darüber nach und griff beherzt zu.

„Das Essen schmeckt köstlich" sagte sie zu Chera die sie natürlich nicht verstand und Tarek bat zu übersetzen. Mustapha nannte das Essen Cous Cous. Dazu gab es einen Tee aus frischer Minze, der sehr stark gesüßt war. Aber auch der Tee schmeckte hervorragend und belebte sie innerlich. Seltsam, dass man bei dieser extremen Hitze hier auch noch heißen Tee trank. Aber sie fühlte sich gut dadurch. Die Menschen hier wussten sicher genau was sie taten.

Nach dem Essen wollte die junge Europäerin sich vergewissern, dass auch die Pferde gut versorgt worden waren. Jedes hatte einen Eimer Wasser und einige Büschel Heu vor sich liegen. Sie waren unter einen Baum geführt worden, der etwas Schatten gab.

Das kleine Dorf stand direkt in einer Oase. Doch drum herum war es eine recht karge und trockene Wüstengegend. Der Staub hing in Aurelias Nasenlöchern. Es war nur rund um das Wasserloch grün zu sehen. Sie konnte sich nicht vorstellen, wie die Menschen hier überleben konnten. Das Einzige, was ihr auffiel waren die großen Dattelpalmen die über und über voll hingen mit langen Dolden und süßen Früchten. Chera hatte als Nachtisch einige zum Tee gereicht. Sie hatten wundervoll geschmeckt. So etwas vorzügliches gab es bei ihnen zu Hause nicht. Daran hätte sie sich gewöhnen können, doch an die Hitze hier sicher nicht.

Da die beiden Reisenden sich im Dorf sicher vor Verfolgern wähnten, beschlossen sie erst einmal etwas hier zu bleiben. Der junge Tunesier wollte seine Mutter bis zum Ende begleiten und das war leider absehbar. Also musste sich Aurelia noch etwas gedulden. Aber das war sie Tarek auch schuldig. Er war die ganze Zeit für sie da gewesen und jetzt konnte sie etwas zurückgeben. Außerdem hatte er seiner Familie so viel zu erzählen. Also ging sie wieder ins Rundhaus, setzte sich wieder auf ihr Kissen und lauschte der fremden wohlklingenden Sprache.

Tarek tätschelte immer wieder die Hand seiner Mutter. Diese verzog den zahnlosen Mund zu einem Lächeln und versuchte mit ihm zu sprechen. Es war schön zu sehen, wie sehr sie sich freute, ihren Sohn noch einmal zu sehen, doch man bemerkte auch, wie schwer ihr das Sprechen bereits fiel. Chera flößte der alten Frau immer wieder eine Flüssigkeit ein und Tarek erklärte Aurelia, dass es eine schmerzstillende Medizin sei, gemischt mit vergorenem Dattelschnaps.

Tarek hatte seine Matratze direkt neben die seiner Mutter gelegt und lauschte nachts ihren Atemzügen. Er war dann auch sofort wach, als er bemerkte, dass sie nur noch wenige tiefe Atemzüge nahm. Nach und nach hörte das Atmen auf und die Seele seiner Mutter verabschiedete sich friedlich auf die andere Seite. Vermutlich hatte ihr schwaches Herz einfach versagt. Es war, als ob sie nur auf ihn gewartet hätte,

um in Ruhe gehen zu können. Natürlich war Tarek
sehr traurig darüber aber auch glücklich, dass er sie
noch einmal in seine Arme hatte schließen dürfen.
Nun musste man sich um die Begräbniszeremonie
kümmern, denn das ganze Dorf wollte Abschied
nehmen.

Tareks Schwestern hatten den Körper ihrer Mutter
gewaschen und in ein weißes Tuch gehüllt. Aurelia
hatte sich keine Gedanken gemacht, wie solch eine
Bestattung denn vor sich gehen würde. Tarek erklärte ihr, dass es hier keine Friedhöfe gab. Man
würde den Leichnam etwas außerhalb des Dorfes
verbrennen und die Asche der Wüste und dem
Wind übergeben. Aurelia konnte sich solch ein Pro-
zedere nicht vorstellen. Es war ihr unheimlich und
erschien ihr gotteslästernd. Deshalb bat sie, nicht
dabei sein zu müssen, wenn man den Leichnam
verbrannte.

Auch hier in der Wüste nahm man mit einem To-
tenmahl Abschied und gedachte der Toten. Deshalb
war noch viel zu tun, denn das ganze Dörfchen
musste bekocht werden. Es wurde eine der kostbaren Ziegen geschlachtet, um alle verköstigen zu
können. Aurelia half Chera so gut sie konnte bei der
Zubereitung der ungewohnten Speisen. Die
Sprachbarriere zwischen Ihnen durchbrachen die

Beiden, indem sie mit Gesten und Handzeichen miteinander kommunizierten. Das funktionierte recht gut.

Die Feier fand im kleinen geschützten Innenhof statt. Dort hatte man in der Mitte des Platzes eine Konstruktion aufgebaut, die man über ein großes Feuer gestellt hatte. Daran steckte eine ganze Ziege und einer der jüngeren Männer drehte den Spieß regelmäßig. So konnte das Fleisch daran gleichmäßig garen. Allerdings dauerte dies Stunden. Es zischte, wenn das Fett in die Glut tropfte, und ein unbeschreiblich leckerer Geruch breitete sich aus.

Jeder der Hunger hatte bekam sein Fleisch direkt vom Spieß geschnitten. Dazu wurden Cous Cous und Datteln gereicht und Ziegendickmilch.

Es ging sehr laut und fröhlich zu. Irgendwann begann einer der Dorfbewohner zu trommeln und alle fingen an zu tanzen. Auch die Kinder hüpften fröhlich herum und durften so lange aufbleiben bis sie irgendwo erschöpft einschliefen. Der Schnaps, der aus gegorenen Datteln gewonnen wurde, tat sein Übriges. Aurelia war mittendrin in diesem ganzen ungewohnten Trubel. Und obwohl sie eine ungläubige Fremde war, wurde sie von allen behandelt, als ob sie dazugehören würde. Das war ein schönes Gefühl. Hier hatte man das Gefühl sofort dazu zu gehören. Es schien keinen Neid unter diesen Menschen zu geben. Vielleicht weil alle nur das Nötigste hatten und jeden Tag ums Überleben kämpfen mussten. Aurelia genoss diese familiären Momente sehr. Sie fühlte sich hier bei diesen einfachen und unbeschwerten Menschen wesentlich wohler als im luxuriösen Königspalast und den dort lebenden Menschen mit ihrem arroganten und gekünstelten Getue.

Am späten Morgen, nachdem sie wieder einen einigermaßen klaren Kopf hatten, besprachen Aurelia und Tarek ihre weitere Vorgehensweise. Sie wollten die Pferde als Packpferde mitführen und sich einer Karawane anschließen. Der Weg würde sie von Tunis bis nach Alexandria führen. Dies wäre wohl die sicherste Lösung, weil sie in einer erfahrenen Gruppe reisen konnten.

Der Abschied von seinen Schwestern fiel Tarek sehr schwer. Aber er war sich bewusst, dass er jederzeit wiederkommen konnte, denn momentan war er ein freier Mann und wollte es auch bleiben. Jetzt lag es jedoch an ihm Aurelia zu helfen ihren Vater zu finden. Diese hatte sich sehr gefreut, als Chera ihr einen ganzen Beutel der köstlichen Datteln zum Abschied in die Hand gedrückt hatte.

Wüstenschiffe

Zunächst ritten sie zurück nach Tunis, um einen Karawanenführer zu suchen. Dort gab es einen großen Platz, an dem sich alle Karawanen sammelten, um nach Aufträgen zu suchen. Es war so eine Art Warenumschlagsplatz. Es ging laut und hektisch zu. Aurelia staunte, als sie die fremdartigen Tiere dort stehen und liegen sah, gemütlich wiederkäuend. Tarek erklärte ihr, dass diese Tiere ganz besonders für einen Ritt durch die trockene Wüste geeignet seien, da sie kaum Wasser benötigen und auch in Bezug auf Futter sehr genügsam wären. Er sagte ihr, dass dies Kamele seien und sie zur Familie der Trampeltiere gehören würden. Aber umgangssprachlich wurden sie auch Wüstenschiffe genannt. Diesen Spitznamen hatten sie dem schwankenden Gang zu verdanken, denn ein Ritt auf ihnen fühlte sich fast an wie eine Schifffahrt.

Tarek fand bald einen Karawanenführer der Seide und allerlei andere Waren nach Alexandria bringen sollte. Nach einigem hin und her wegen des Preises, verabredete man sich für den nächsten Abend, denn man wollte in der Kühle der Nacht losreiten.

Die beiden Reisenden beschlossen, dass sich Aurelia auch weiterhin als stummer Araberjunge ausgeben würde, um Fragen zu vermeiden. Um die Zeit bis zur Abreise zu überbrücken, zeigte Tarek der jungen Frau, die prächtige Innenstadt von Tunis.

Mitten in der Stadt lag ein römisch-katholisches Gotteshaus, nämlich die Kathedrale des Heiligen Vinzenz von Paul. Die Architektur war dem tunesischen Baustil etwas angepasst worden und mit Rundbögen und Fliesen über dem Eingangsbereich versehen. Darüber war ein großes Kreuz angebracht und auf dem Dach thronten zwei hübsche Türmchen. Aurelia bat Tarek kurz auf sie zu warten, denn sie wollte hinein gehen, um eine Kerze anzuzünden und um ein gutes Gelingen zu bitten für ihre weitere Reise. Auch für Georg wollte sie beten, damit er wieder gesund werden würde.

Sie ging auf das Gotteshaus zu und schritt durch einen der drei Torbögen ins Innere. Das imposante Mittelschiff war ebenfalls gesäumt von Rundbögen. Die Decken mit wunderschönen Deckengemälden verziert. Eine Galerie erhob sich über den hölzernen Sitzbänken. Der Altar, auf den sie zuschritt, war geschmückt mit aufwendigen Blumengebinden und die Heiligenstatuen waren vergoldet. Aurelia bekreuzigte sich und ging auf die brennenden Kerzen zu, die sich rechts vom Altar befanden. Sie nahm eine neue Kerze und entzündete sie. Ganz fest wünschte sie sich, dass sie ihren Großvater wieder in die Arme nehmen konnte. Dann stellte sie die Kerze zu den anderen und ging wieder hinaus zu Tarek, der geduldig auf sie gewartet hatte. Er wusste, wie wichtig seelischer Frieden für einen selbst war.

Westlich des katholischen Gotteshauses befand sich die Ez-Zitouna-Moschee. Ihre vielen Rundbögen und die kostbaren Fliesenarbeiten stachen schon von Weitem ins Auge. Doch durften diese islamischen Gotteshäuser nicht von Frauen betreten werden und deshalb schauten sie nur von außen.

Überhaupt war der Bereich um die Medina sehr lebhaft. Viele Verkäufer und Händler hatten dort ihre Holzstände aufgebaut in den schier endlosen kleinen Gassen. Ein großer Torbogen, ein Minarett und ein paar Gebäude im französischen Baustil gab es hier auch noch zu sehen.

Tarek kaufte noch einige zusätzliche Wasserschläuche, Trockenfleisch und Datteln. Er wollte so wenig wie möglich auf den Karawanenführer angewiesen sein, denn man wusste nie, was auf so einer Reise passierte. Außerdem erstand er zwei wunderschön gearbeitete Dolche. Einen davon übergab er Aurelia. „Trag ihn bitte. Einfach nur zur Sicherheit."

Die Bauten in Tunesien waren viel schöner und aufwändiger gebaut als in Algier. Während in Algerien die Häuser fast nur in schlichtem weiß ohne große Verzierungen gehalten waren, konnte man in Tunesien kein Haus finden, welches nicht mit aufwändigen blauen Fliesenmustern verziert war. Rundbögen, Säulen und kleine Türmchen rundeten das Bild ab. Gefliese Brunnen und Wasserbecken durften nicht fehlen. Je wohlhabender die Familie, desto kunstvoller gestaltet das Haus. Das war hier genauso wie in allen anderen Ländern auch. Und natürlich gab es auch in Tunis Orte, an denen die arme Bevölkerung hauste und die dreckig und verwahrlost waren. Doch in diese Gegend kamen sie nicht, denn dort war es nicht sicher für sie. Man konnte jederzeit überfallen oder ausgeraubt werden und sie wollten sich auf keinen Fall in eine missliche Situation bringen und Aurelias Vorhaben unnötig gefährden.

Aurelia war froh, dass es endlich weiter ging. Sie wollte endlich ihren Vater kennenlernen und ihm ihren Hass ins Gesicht schreien. Vielleicht würde sie ihn auch töten, als Rache dafür, was er ihrer Mutter damals angetan hatte. Er hatte die Strafe verdient, denn er war nie zur Rechenschaft gezogen worden.

Am Abend, bevor sie aufbrachen, wurden der Hengst und Aurelia von Tarek noch einmal mit dunkler Paste behandelt. Proviant hatten sie genügend besorgt und die Wasserschläuche waren alle befüllt. Es konnte los gehen.

Am Abend ritten sie zum Versammlungsplatz am Stadtrand von Tunis und stiegen auf die ihnen zugewiesenen Kamele um. Die Pferde banden sie mit einem langen Strick an die Kamele.

Aurelia war es unheimlich zumute. Diese Tiere waren doch wesentlich höher als ihr Araberhengst und es war wirklich sehr wackelig da oben. Sie hatte Tarek zunächst nicht geglaubt, als er die Tiere Wüstenschiffe nannte. Aber es fühlte sich tatsächlich fast so schwankend an, wie auf ihrer Überfahrt über das Meer. Sie brauchte eine Weile, um sich daran zu gewöhnen. Zum Glück gab der hohe Sattel ihr genügend Halt.

Für die Pferde würde dieser Reiseabschnitt besonders anstrengend werden und sie hoffte, dass sie genügend Oasen finden würden, um die Tiere zu tränken. Sie hatten zwar einige zusätzlichen Wasserschläuche dabei, aber ein Pferd braucht sehr viel mehr Wasser als ein Kamel um nicht zu verdursten. Sie waren nicht für die Wüste geschaffen, im Gegensatz zu den genügsamen Trampeltieren.

Durch das gemächliche Schritttempo der Kamele kam die Karawane nur langsam voran. Sie ritten nur nachts. Sobald die Sonne morgens zu heiß wurde, hielten sie an und stellten die Zelte auf, zum Schutz gegen die sengende Sonne.

Da sie kein eigenes Zelt hatten, mussten sie im Vorratszelt schlafen. Der Karawanenführer hatte es ihnen gegen ein Zusatzentgelt zur Verfügung gestellt. Dort stellten sie auch ihre kostbaren Pferde unter, denn so waren sie wenigstens etwas vor der flirrenden Hitze geschützt. Die Kamele lagen währenddessen wiederkäuend draußen in der prallen Sonne. Ihnen schien die Hitze gar nichts auszumachen.

Wenn sie abends nicht sofort einschliefen, dann erzählte Tarek ihr abenteuerliche Geschichten oder Fabeln aus seiner Kultur.

„Kennst Du eigentlich die Fabel vom Frosch und dem Skorpion?" fragte Tarek und Aurelia verneinte. „Du wirst sie mir sicher gleich erzählen wie ich Dich kenne," lächelte sie.

Es wird erzählt, dass einmal ein Skorpion am Ufer des Nils gewartet habe. Da sei ein Frosch an ihm vorbeigehüpft auf dem Weg zum Wasser. Der Skorpion fragte, nimmst Du mich mit ans andere Ufer? Ich will mich dort umsehen. Der Frosch gab ihm zur Antwort, ich trau Dir nicht, deshalb kann ich Dich nicht auf meinem Rücken mitnehmen. Wenn wir mitten im Fluss sind, stichst Du mich und ich bin gelähmt und ertrinke. Ironisch entgegnete ihm der Skorpion, meinst Du ich will mich selbst umbringen, weil ich genug habe vom Leben? Dich zu stechen wäre Selbstmord, denn dann müsste ich auch ertrinken. Der Frosch sah ein, dass der Skorpion keinen Anlass hatte ihn zu stechen. Deshalb willigte er ein und nahm den Skorpion auf den Rücken. Im ruhigen Wasser schwammen sie dahin, bis der Frosch, gerade in der Mitte des Flusses, einen stechenden Schmerz verspürte, der ihn lähmte. Mit letzter Kraft fragte er „Warum? Du bringst Dich doch selbst um!" Er hörte den Skorpion noch antworten „Du hast vergessen, dass wir uns im Land am Nil befinden". Dann versanken Beide.

„Und was ist der tiefere Sinn dieser Geschichte?" fragte Aurelia. „Meinst Du damit, dass diese Geschichte der Mentalität des Volkes entspricht?"

Tarek nickte und sagte: „Hier darfst Du wirklich Niemandem vertrauen. Dieses Land ist seit langer Zeit nicht mehr zur Ruhe gekommen und die Menschen haben eine ganz besondere Fähigkeit sich anzupassen. Jeder ist sich selbst der Nächste.

Aber nun lass uns nicht mehr von so ernsten Dingen sprechen. Seit Jahrtausenden bringt der Nil einmal im Jahr sein Hochwasser, entleert den Schlamm über das Ufer und gibt dadurch Tausenden von Menschen Nahrung. Du wirst ihn bald mit eigenen Augen sehen können, wenn auch nur das imposante Nildelta.

Ein weiser Mann hat einmal gesagt: „Der Nil ist ein Wunder. Drei Monate im Jahr ist das Land an seinem Ufer eine silbrig schimmernde Perle. Drei Monate im Jahr ist das Land schwarzer Moschus, drei Monate im Jahr ein dunkelgrüner Smaragd und drei Monate ein Barren roten Goldes."

Aurelia überlegte. „Ich nehme an, silbrig schimmernd ist das Land zu dem Zeitpunkt der Überschwemmung. Schwarz ist es, wenn das Wasser zurücktritt und der fruchtbare Nilschlamm liegen bleibt, in welchem die Bauern ihre Saat aussäen. So wie zu dieser Jahreszeit. Wenn die Gräser sprießen ist alles dunkelgrün und saftig und wenn die Saat reift und wogt, dann sieht es aus wie rotes Gold. Ein wunderschöner Vergleich und sehr treffend. Bei uns zu Hause ist dieser Kontrast nicht so stark ausgeprägt. Außer vielleicht im Winter, wenn Schnee liegt und alles weiß ist."

Bei dem Gedanken an Deutschland und ihren Großvater wurde ihr ganz traurig ums Herz. Sie vermisste ihn so sehr und hoffte, dass es ihm inzwischen wieder besser ging und er sich von seiner Krankheit erholt hatte. Aber diese Reise war für sie unendlich wichtig. Er hätte das sicher verstanden.

Verlegen erwiderte Tarek: „Eigentlich habe ich nie mit dem Gedanken gespielt ins Abendland zu reisen. Hier im Orient jedoch war ich immer nur der arme Felache der hart arbeiten musste und so versuchte ich in Tunis eine Arbeit zu finden.

Du hast gesehen, wie arm meine Familie ist. Ich wollte ihnen etwas bieten, indem ich Geld verdiene. Leider erwischten mich die Schergen des Königs und nahmen mich einfach als Sklavenarbeiter mit nach Madrid. Der König hat nie etwas für mich bezahlt, sondern mich einfach entführt und als eine seiner Arbeitskräfte eingesetzt. Wobei ich die Arbeit mit den Pferden tatsächlich geliebt habe. Es gibt für mich nichts Schöneres. Obwohl, es gibt doch noch etwas Schöneres, nämlich Dich. Zärtlich schaute er der jungen Frau in die Augen.

Aurelia überlegte. „Ich glaube nicht, dass ich unter dieser prallen Sonne und in diesen ärmlichen Verhältnissen den Rest meines Lebens verbringen könnte. Auch der Stellenwert der Frauen hier wäre für mich schwer zu ertragen. Bei uns in Deutschland ist zwar auch der Mann der Gebieter. Aber man darf sich schön anziehen und fröhlich sein und das auch nach außen zeigen. Dieses Gefühl möchte ich nicht missen.

Tarek sagte nichts mehr. Er starrte an den Zelthimmel und schlief dann irgendwann ein. Aurelia hörte ihn leise schnarchen. Sie war zwar sehr müde, aber es gingen ihr einfach zu viele Gedanken durch den Kopf und sie machte sich Sorgen um ihren Hengst. Auch wenn er tapfer und stark war, merkte man ihm die Strapazen an. Hoffentlich kamen sie bald wieder an eine Oase mit ein bisschen Grün und Wasser. Sie wollte bei ihrem Abenteuer nicht ihren treuen Pferdefreund verlieren. Das wäre es nicht wert. Irgendwann döste sie dann endlich ein.

Kurz bevor die Sonne unterging, holte ein Araberjunge Aurelia und Tarek zum Abendessen ab. Meistens handelte es sich bei den Karawanenführern um Beduinen und ihr Volk. Sie kannten die Wüste in und auswendig und wussten genau, wo man Wasser finden konnte. Abends, bevor es weiterging, stärkte man sich an einem Lagerfeuer. Es wurde starker, süßer Pfefferminztee gekocht, der die Geister belebte und Kraft gab. Meistens gab es dazu Brei aus

Hartweizengrieß oder Hirse, den man mit Dattelstücken und Ziegendickmilch aß. Das machte lange satt und schmeckte köstlich erfrischend. Fleisch gab es recht selten, da es in der Hitze kaum haltbar war. Die Beduinen lebten recht einfach, wirkten aber sehr gesund.

Nach dem Essen baute man die Zelte ab, belud die Tiere und ritt in die immer älter werdende Nacht hinaus. Es konnte empfindlich kühl werden in der Wüste und so musste man sich nachts warm anziehen. Die Kälte konnte einem sonst unter die Kleidung kriechen und das war dann nicht sehr angenehm, weil man sich letztendlich nicht bewegte. Es war auch so schon anstrengend genug. Sie waren jetzt über vierzehn Nächte unterwegs und Aurelias Kräfte waren doch fast aufgezehrt. Lange würde sie das nicht mehr durchhalten und die Pferde auch nicht.

Nach fast dreiundzwanzig langen Tagen und Nächten, erreichten sie endlich, ohne größere Zwischenfälle, das Nildelta. Von einem Hügel herunter blickten sie auf das silberne Band des Nils, der sich in mehrere kleine Nebenarme aufspaltete und dann ins Meer ergoss. Alexandria lag ebenfalls vor Ihnen. Eine riesengroße Stadt, hineingeschmiegt in das Delta des Nils. Endlich waren sie am Ziel. Sie trennten sich von der Karawane und stiegen auf ihre Pferde. Djamal und Tareks zierliche Fuchsstute Zaihnab waren ziemlich geschwächt, aber nun würden die Tiere sich bald etwas ausruhen können. Kurz darauf ritten sie in die Stadt hinein und suchten sich eine saubere Herberge. Dann brachten sie die Pferde in den angrenzenden Mietstall, wo sie eine Extraportion Hafer bekamen, gut versorgt wurden und wieder Kraft tanken konnten.

Die Herberge war klein, aber das Haus hatte einen kühlen Innenhof, in dem viele zierlich gearbeitete Bänkchen standen, die zum Sitzen einluden. Dattelpalmen spendeten Schatten. In einem mit blauem Mosaik gefliesten Brunnen plätscherte das Wasser vor sich hin und verbreitete eine friedliche und entspannte Atmosphäre. Hier konnte man es wirklich aushalten. Aurelia fühlte sich sofort wohl.

Tarek erklärte ihr, dass fast alle arabischen Häuser auf diese Art gebaut waren. Man baute die Räumlichkeiten um die Innenhöfe herum. So hatte man Schatten und war vor neugierigen Blicken geschützt. Der Innenhof war auch ein beliebter Platz für die weiblichen Familienmitgliedern mit den Kindern. Denn so kamen sie an die frische Luft, ohne das Haus zu verlassen und sich verschleiern zu müssen.

Tarek bat den Inhaber der Herberge um zwei getrennte Zimmer. Aurelia wollte sich erst waschen, umziehen und noch etwas hinlegen, während der Tunesier sich nach der Lage des Sultan Palastes erkundigen wollte und sich alsbald zu Fuß auf den Weg auf den Markt machte, denn dort bekam man oft die hilfreichsten Informationen.

Als Aurelia am frühen Nachmittag wieder erwachte, ging sie hinunter in den Innenhof und setzte sich in die Nähe des Brunnens, auf eines der hübschen, filigran gearbeiteten Bänkchen. Eine sehr alte, schmale Frau kam aus einem der Innenräume und brachte süßen Pfefferminztee auf einem silbernen Tablett.

Aurelia nickte höflich als die Frau vor sich hinbrabbelte, auch wenn sie kein Wort davon verstand. Plötzlich tauchten einige jüngere Frauen auf, die Gebäck und andere Leckereien brachten und sie neugierig beäugten. Ein kleines Mädchen, vielleicht vier oder fünf Jahre alt, betrachtete ihr inzwischen lang gewordenes, goldblondes Haar und streckte ehrfürchtig die Händchen danach aus. Sie nahm das Kind auf ihren Schoß, führte die kleine Hand zu ihrem Haar und streichelte über ihre Haare. Das Kind kicherte entzückt, entwand sich ihr und verschwand.

Aurelia nahm sich einen der Kekse, denn sie hatte inzwischen Hunger bekommen. Hmm, die waren wirklich sehr gut. Während sie Pfefferminztee und Gebäck genoss, musterte sie die orientalische Einrichtung.

Im ganzen Haus gab es keine Möbel im europäischen Stil. Die Böden, auch im Innenhof, waren mit dicken Teppichen ausgelegt. An den Wänden hingen wunderschön gerahmte Tafeln mit goldenen arabischen Schriftzeichen. Tarek hatte ihr erklärt, dass auf diesen Tafeln einige Suren des Korans aufgeschrieben seien. Der Koran sei das heilige Buch des Islams, etwa so wie die Bibel für die Christen. Jede noch so arme Familie hatte wenigstens eine solche Tafel in ihrem Haus hängen, denn das sei unbedingt notwendig, um Allah zu ehren und seinen Schutz zu erhalten.

Wie auch in Algerien und Tunesien setzte man sich zum Essen auf dicke Kissen. Serviert wurde meistens auf einem silbernen Tablett, welches man einfach auf den Teppich stellte. In reicheren Häusern gab es einen niedrigen Tisch, auf dem man das Essen abstellte. Doch man setzte sich immer auf den Boden. Egal ob arm oder reich.

Aurelia hatte sich auch die Küche ansehen dürfen. Sie staunte über die Bescheidenheit des Inventars.

In der Mitte des Raumes stand ein gusseiserner Ofen. Geheizt wurde er mit getrocknetem Kameldung und etwas Anfeuerholz. Tassen, Schüsseln und andere Gefäße waren aus gebranntem und bemaltem Ton hergestellt und in einer Ecke gestapelt. Das in Europa übliche Besteck fehlte. Wollte man abwaschen musste zuerst Wasser aus dem Brunnen herangeschleppt werden, dann wurden die schmutzigen Sachen einfach in einem Eimer abgewaschen. Als Scheuermittel diente eine Wanne mit Sand die in regelmäßigen Abständen ausgewechselt wurde.

Von Tarek wusste sie inzwischen auch, dass es üblich war, dass Männer und Frauen an getrennten Tischen oder sogar in verschiedenen Räumen aßen. Er erzählte ihr viel von den orientalischen Gebräuchen, die sie nicht wirklich nachvollziehen konnte, denn es war eine vollkommen andere Kultur, die nichts mit den europäischen Gepflogenheiten zu tun hatte. Sie hätte sicher ihre Schwierigkeiten gehabt, diese Kultur bedingungslos zu akzeptieren, um hier leben zu können.

Die arabischen Frauen wurden wohl von Geburt an dazu erzogen den Männern zu dienen. Sie waren es gewohnt den Männern jeden Wunsch von den Augen abzulesen und ihre eigenen Bedürfnisse hinten an zu stellen. Oft waren sie nur noch Schatten ihrer selbst. In den wenigsten Fällen durften sie lesen und schreiben lernen, denn dadurch waren sie auf ihre Männer angewiesen und somit unter ständiger Kontrolle. Sie durften auch niemals allein nach draußen gehen. Beging eine Frau Ehebruch, wurde sie auf dem Marktplatz gesteinigt, bis sie tot war. Hier galten vollkommen andere Gesetze. Grausame Gesetze. Aurelia stellten sich die Nackenhaare bei solchen Erzählungen.

Ein Bewerber für eine Tochter, konnte diese nur innerhalb ihres geschützten Raumes kennenlernen und kaufte sozusagen die Katze im Sack. Die jeweilige Frau konnte dann nur hoffen, dass er gut zu ihr sein würde. Hatte der Mann dann irgendwann genug von seiner Frau, konnte er sich jedoch nicht scheiden lassen. Aber er durfte sich eine zweite, dritte und vierte Frau dazu nehmen, sofern er sich dies finanziell leisten konnte. Die Damen lebten dann alle in seinem Haushalt. Das hatte auch etwas mit der Versorgung zu tun, denn eine alleingelassene Frau konnte sich kaum selbst ernähren und war auf männliche Hilfe angewiesen. Natürlich funktionierte das in der Realität nicht immer, denn es kristallisierte sich immer eine Lieblingsfrau heraus und dann waren die Frauen doch oft eifersüchtig aufeinander und schikanierten sich manchmal gegenseitig. Wobei es dann in anderen Haushalten verblüffend gut funktionierte. wenn sich die Frauen gegen ihren Ehemann verbündeten. Meist geschah dies nur dann, wenn der Ehemann seine Frauen nicht so gut behandelte oder vernachlässigte. Aber in den meisten Fällen war es eher ein Zickenkrieg. Aurelia und Tarek waren über die unterschiedliche kulturelle Lebensweise in eine heftige Diskussion geraten und Aurelia hatte ihm ihre europäische Lebensweise erklärt und warum sie das so viel besser fand.

„Da gefällt mir die europäische Art schon besser. Da müssen die Frauen sich nicht verstecken, sondern dürfen ihre Reize zeigen und sie dürfen auch lesen und schreiben lernen. Jedenfalls die Frauen die in wohlhabenderen Familien aufwachsen. Und sie dürfen auch ihre Meinung kundtun." Aurelia war ziemlich schockiert über die Kultur dieses fremden Landes. Aber nun gut, andere Länder, andere Sitten. Sie konnte daran nichts ändern und musste sich momentan anpassen. Es war zum Glück nur vorübergehend.

Tarek war inzwischen von seinem Erkundungstripp zurückgekommen und hatte Neuigkeiten mitgebracht. Während er erzählte, ließ er sich ebenfalls Tee und Gebäck schmecken.

„Ich habe mich auf dem Souk ein bisschen umgehört und weiß jetzt genau wo der Sultanspalast liegt und wie viele Eingänge er hat. Außerdem hat mir ein Händler von spanischen Reisenden erzählt, die aussehen wie Soldaten oder Söldner und bis an die Zähne bewaffnet sind. Sie haben wohl mit dem Sultan Geschäfte gemacht. Don Pedro ist also noch vor Ort und wohnt momentan tatsächlich im Palast des Sultans. Allerdings ist dieser streng bewacht. Da kommen wir nicht so einfach hinein. Ich habe aber zwei junge Männer getroffen, die in den Stallungen arbeiten. Vielleicht können sie mir dort eine Anstellung verschaffen. Sie suchen wohl auch noch Männer die Don Pedro helfen sollen die gekauften Pferde nach Hause nach Madrid zu bringen. Pedro hat wohl über zwanzig Tiere hier eingekauft. Ich werde nachher dort vorstellig werden."

Aurelia rieb sich die Hände. „Das sind ja großartige Neuigkeiten Tarek. Ich drück dir die Daumen. Eine Anstellung würde die Sache vereinfachen. Dann kommst Du nah an Don Pedro heran. Es wäre sowieso keine gute Idee gewesen, wenn ich ihn im Sultanspalast zur Rede gestellt hätte. Wie sollte ich von dort schnell genug wegkommen. Seine Söldner hätten mich vermutlich schnell gefangen."

Nachdem Tarek sich mit Pfefferminztee und Gebäck gestärkt hatte, sattelte er seine hübsche Fuchsstute und ritt in Richtung Sultanspalast. Da es Aurelia etwas langweilig wurde, wollte sie dem Mädchen, das den Tisch abräumte, helfen und war dabei sich zu erheben. Doch diese drückte sie sanft zurück auf das Polster. Vermutlich hieß das so viel wie „Sitzenbleiben". Auch das musste Aurelia noch lernen. Hier war der Gast König." Sie schloss die Augen und flüchtete sich gedanklich zurück zu ihrem Großvater, denn dort fühlte sie sich immer beschützt und geboren. Ob sie ihn wieder sehen würde?

Die Sonne begann bereits unterzugehen als Tarek freudig strahlend in den Innenhof geschlendert kam. „Aurelia, ich habe es geschafft. Ich habe die Anstellung bekommen. Zwar nicht direkt im Stall des Sultans, doch für den Rücktransport der Pferde. Stell Dir vor, wir haben wirkliches Glück, dass wir sie hier noch erwischt haben, denn sie wollen bereits in den nächsten Tagen wieder zurück nach Spanien aufbrechen. Ich habe Dir doch von den beiden Männern erzählt, die ich bereits kennengelernt habe. Sie heißen Hassan und Roduan. Ich werde versuchen mich intensiver mit ihnen anzufreunden und ihr Vertrauen zu gewinnen. Jetzt werde ich aber erst einmal meine Sachen packen und mich bei den Stallburschen einquartieren. Sie schiffen die Pferde hier in Alexandria ein. Ich weiß allerdings noch nicht auf welchem Schiff. Sie nehmen den Seeweg direkt bis Barcelona und von dort geht es über Land nach Madrid. Du wartest hier auf Nachricht. Entweder komme ich selbst oder ich schicke Hassan oder Roduan. Als Erkennungszeichen gebe ich Ihnen mein Amulett mit. Hast Du das verstanden?"

Aurelia nickte. „Also gut, dann warte ich auf Deine Nachricht und auf welchem Schiff ihr zurückreisen werdet."

Tarek eilte davon, um seine Sachen zu packen und in die Stallungen umzusiedeln, bis die Reise losgehen sollte. Aurelia würde die nächsten Tage auf sich gestellt sein. Doch hier im geschützten Innenhof der Herberge konnte ihr nichts geschehen, denn Niemand würde sie zu Gesicht bekommen. Sie wäre schön dumm, ihre Mission durch einen Spaziergang durch den Souk zu gefährden, obwohl sie gerne mehr von diesem faszinierenden Land gesehen hätte. Aber es war einfach zu gefährlich und deshalb musste sie wohl oder übel vernünftig sein.

Am Abend des dritten Tages klopfte es an Aurelias Zimmertür. Aischa, eine Bedienstete winkte sie heraus. Ein junger Orientale der sich als Roduan vorstellte, überreichte ihr eine schriftliche Nachricht von Tarek. Die Truppe Don Pedros wollte sich bereits morgen früh, kurz nach Sonnenaufgang, am Hafen von Alexandria auf der Alima einschiffen. Ihre Schiffspassage hatte Tarek bereits bezahlt habe und sie solle einfach unauffällig an Bord kommen und zunächst bei ihrer Rolle als stummer Junge bleiben. Sie dankte Roduan ihm auf Arabisch, denn so viel hatte sie bereits gelernt: „Shukra gsilla. Alleh yakon maak."

Der Araber faltete die Hände vor der Brust zusammen und verabschiedete sich mit dieser Geste von ihr.

In dieser Nacht konnte Aurelia kaum schlafen. So viele Dinge gingen ihr durch den Kopf. Sie war überrascht über den Gedanken, dass sie sich fast schon danach sehnte ihren Vater kennen zu lernen und mehr von ihm zu erfahren. Auf der anderen Seite hasste sie ihn für das, was er ihrer Mutter angetan hatte. Es war, als ob sich Teufelchen und Engelchen in ihrer Brust stritten.

Völlig gerädert erwachte sie am frühen Morgen, schmierte alle sichtbare Haut mit der dunklen Paste ein, zog noch einmal ihre Männerkleidung an und wickelte sich gekonnt den Turban um den Kopf. Tarek hatte es ihr genau gezeigt und darunter ließen sich ihre langen Haare sehr gut verstecken. Sie würde absolut keine Aufmerksamkeit auf sich ziehen, denn sie sah aus wie alle anderen. Dann schappte sie sich ihren Reisebeutel und ging ihn den Mietstall. Auch Djamal musste noch einmal eine Pastenbehandlung über sich ergehen lassen. Doch er war es schon gewohnt und stand ganz still. Erst als Aurelia auf seinen Tücken stieg und mit ihm zum Hafen ritt, spürte man, dass er sich auf einen Ausflug freute. Tarek hatte seine Fuchsstute Zaihnab bereits mitgenommen.

Alexandrias Hafen war riesig. Viele Schiffe aller Größen, lagen im Hafenbecken und zahlreiche Menschen wuselten durcheinander. Händler mit Karren standen vor einigen Schiffen, denn ihre Waren mussten noch verladen werden.

Tarek hatte das Schiff als schwere Galeere mit drei Masten beschrieben. Mehrere solcher Schiffe lagen am äußeren Rand des Hafenbeckens. Vielleicht weil dort etwas mehr Tiefgang herrschte. Jetzt sah sie es, ein schweres, tiefliegendes Schiff mit grünrotem Anstrich und der schwarz-weiß-roten Flagge Ägyptens. Der Name Alima war auf den Bug aufgemalt und das Schiff wurde gerade mit allerlei Waren beladen. Am Bug des gewaltigen Schiffes thronte eine wunderschöne, orientalische Bauchtänzerin als Gallionsfigur. Langsam ritt Aurelia darauf zu.

Aischa, das Mädchen aus der Herberge, hatte ihr noch die Satteltaschen prall mit Proviant gefüllt und so war sie bestens versorgt. Sie suchte sich ein unauffälliges, schattiges Plätzchen in der Nähe der Alima und wartete. Bald hörte sie Pferdegetrappel. Eine ganze Herde Pferde, getrieben von einigen

Männern, kam angetrabt und wurde vor dem Schiff zum Stehen gebracht. Auch Tarek war unter ihnen. Er schaute sich gerade nach ihr um und lächelte als er sie, an eine Steinmauer gelehnt, erblickte.

Als die anderen Männer mit dem Verladen der Pferde beschäftigt waren, kam Tarek zu ihr herüber geschlendert, nahm ihr Djamal ab und führte ihn als letztes in den Schiffsbauch hinunter. Es würde für ihren Hengst die einfachste Tarnung sein, indem er sich inmitten der Pferde des Feindes befand, denn es würde sich sicher Niemand etwas dabei denken oder die Pferde nachzählen. Im Schiffsbauch gab es außerdem nur ein schwaches, diffuses Licht, das durch die offene Luke hereinfiel.

Tarek hatte nur eine einfache Schiffspassage für sie bezahlt, das hieß, dass sie ebenfalls unter Deck schlafen musste und keine eigene Koje hatte. So hatte sie zwar ihren Hengst im Auge, doch musste sie sich auch gut vor den Spaniern im Schiffsbauch verstecken.

Unauffällig suchte sie nach einem geeigneten Platz und richtete sich ein Lager hinter einigen großen Weinfässern ein. Sie hatte beschlossen sich wieder stumm zu stellen, falls Jemand sie ansprechen sollte. Zum Glück nahm sie keiner zur Kenntnis.

Sie hörte, wie der Kapitän das Kommando zum Segelsetzen gab. Eifriges Getrappel der Schiffsbesatz war von oben zu hören. Dann ging ein ruckeln durch den Schiffskörper und es geriet in Fahrt. Bald darauf waren sie auf hoher See, denn der Wind stand gut. Aurelia entspannte sich, legte sich auf ihr Lager und nickte ein.

Als sie wieder erwachte war es bereits dunkel. Die meisten der Burschen schliefen bereits. Vorsichtig, um ja nicht entdeckt zu werden, schlich sie zu den Pferden. Diese blieben erstaunlich ruhig, nur Djamal schnaubte ihr leise entgegen. Er hatte sie sofort erkannt. Tarek lag auf seinem Lager. Er hatte sich allerdings etwas entfernt von den anderen hingelegt. Sie versuchte ihm ein Zeichen zu geben, doch er hatte die Augen bereits geschlossen. Sie musste also noch etwas warten. Als sie sicher war, dass tatsächlich alle tief und fest schliefen, robbte sie neben Tarek und stupfte ihn an der Schulter. Verwundert öffnete er die Augen.

„Tarek ich bin es. Ich wollte Dir nur sagen, dass ich mich hinter den großen Weinfässern eingerichtet habe. Ganz hinten im Lagerraum. Hast Du denn Don Pedro bereits gesehen oder sogar persönlich kennengelernt?"

„Gott sei Dank Aurelia. Bin ich froh, dass Du gut angekommen bist und es Dir gut geht. Ich konnte bisher nur einen kurzen Blick auf ihn werfen. Ein sehr arroganter und eitel wirkender Mensch. Er trägt dicke Goldketten und stellt wohl seinen Reichtum gerne zur Schau. Der Kapitän hat ihm seine Räumlichkeiten überlassen, denn Don Pedro wollte natürlich nicht hier mit dem gemeinen Fußvolk übernachten. Aber Du musst Dich vor dem Kapitän etwas in Acht nehmen. Er schläft hier unten im Mannschaftsdeck und ist kein sehr umgänglicher Mensch. Jetzt leg Dich wieder schlafen. Wir haben noch eine lange Reise vor uns. Ich bin auch hundemüde."

Tarek hatte recht. Sie mussten ihre Kräfte schonen. Die lange Überfahrt würde ziemlich anstrengend werden, schließlich würden sie etwa drei bis vier Wochen unterwegs sein, je nachdem wie der Wind war. Sie durfte so wenig wie möglich auffallen. Es würde nur seltsame Fragen aufwerfen, was ein stummer Junge allein auf einem Schiff wollte. Zur Not würde sie sich eben als kleiner Bruder von Tarek ausgeben oder so etwas in der Art. Ihr würde schon etwas passendes einfallen. Da sie jetzt auf dem Heimweg nach Spanien waren konnte erst einmal nicht viel passieren, höchstens sie wurde aus irgendeinem Grund als verdächtig eingestuft.

Immer wieder brodelte der Hass auf ihren Vater in ihr hoch. Doch sie musste Ruhe bewahren und geduldig sein. Ihr Vater konnte ihr auf dem Schiff nicht davonlaufen. Wichtig war, dass er an Bord war, und deshalb würde sie ihre Rache bekommen. Allerdings würde sie fast bis ans Ende der Überfahrt warten müssen damit sie gegebenenfalls von Bord fliehen konnte. Sie würde sich einfach von ihrer weiblichen Intuition leiten lassen.

Die Tage zogen sich endlos dahin. Im Lagerraum war es stickig und in dem halbdunklen Licht wurde Aurelia fast wahnsinnig. Oft legte sie sich einfach auf ihr Lager und stellte sich vor wie sie ihrem Vater gegenübertreten würden und ihm ein Messer ins Herz stieß. Er sollte dafür büßen, was er ihrer Mutter damals angetan hatte. Immer mehr steigerte sie sich in diese Rachegelüste hinein.

Tarek schlich zu ihr so oft er konnte und versorgte sie mit warmem Essen aus der Schiffskombüse und frischem Wasser. Sie hatte zwar einiges an Proviant mitgebracht, aber immer nur kaltes Essen war nicht gesund. Er machte sich große Sorgen um die junge Frau, die er insgeheim so verehrte. Manchmal aßen sie zusammen und nachts schlich Aurelia sich manchmal aufs Deck und kundschaftete die Räumlichkeiten des Schiffes aus. Sie wusste inzwischen genau, wo Don Pedro nächtigte und wie er aussah. Einmal war er aus seiner Kajüte gekommen, hatte sich zum Kapitän gesellt und eine angeregte Unterhaltung mit ihm geführt. Nur knapp entging sie der Entdeckung.

Don Pedro de Fernandez war ein gutaussehender, schlanker und großer Mann. Er hatte tiefschwarzes, kurz geschnittenes Haar, das an den Schläfen schon einige silberne Strähnen hatte. Seine Augen waren von einem dunklen braun, soweit sie das im Mondlicht hatte erkennen können. Die Kleidung war teuer und mit Goldfäden bestickt. An seiner Art zu sprechen und seinem Gebaren den einfachen Matrosen gegenüber sah man sofort, dass er gehobener Abstammung war und es gewohnt war Befehle zu erteilen.

Immer wieder, wenn Tarek zu ihr kam, bemerkte sie seinen verliebten Blick auf sich ruhen und eines nachts, als der Mond durch die Luke schien und ein sanftes Licht dort unten verbreitete, fasste sich Tarek ein Herz. Er zog Aurelia sanft in seine Arme und küsste sie. „Allah wird uns beschützen meine Habibati. Sei frohen Mutes."

Aurelia schossen Tränen in die Augen. Sie spürte mit jeder Faser ihres Herzens, die tiefe Vertrautheit, die inzwischen zwischen Ihnen entstanden war. Dieser Mann hatte, ohne mit der Wimper zu zucken, ihren Plan mitgetragen, obwohl es für ihn lebensgefährlich war. Sie hatte sich seit dem ersten Tag uneingeschränkt auf ihn verlassen können. Ihr Herz schwoll über vor Liebe und für einen Moment zählte nichts anderes mehr.

Aurelia blickte Tarek tief in seine braunen, sie voller Liebe anblickenden Augen und ließ sich fallen. Es zählte nur der Augenblick. Wenn sie Pech hatten, dann waren sie morgen schon tot, warum also diesen kurzen Moment nicht genießen?

Seine Hände wanderten zärtlich über ihren Körper, erforschten und streichelten. Er tat das mit so viel Hingabe, dass die Emotionen sie überfluteten. Sie verschmolzen regelrecht miteinander und fühlten sich Eins. Solch eine Übereinstimmung der Körper war Aurelia bisher fremd gewesen und sie genoss es sehr. Mit Raoul war es eher ein kurzer, wenn auch leidenschaftlicher Akt gewesen. Aber sie war dabei nie wirklich auf Touren gekommen. Es war immer viel zu schnell vorüber gewesen. Doch mit Tarek war es vollkommen anders. Mit jeder Faser ihres Körpers spürte sie, dass ihm wichtig war, dass sie sich gut fühlte dabei.

Nachdem sie sich so zärtlich geliebt hatten, lagen sie sich noch eine Weile auf Aurelias Lager hinter den Weinfässern. Sie hielten sich in den Armen, kuschelten sich aneinander und spürten die gegenseitige Wärme des jeweils anderen. Das silbrige Licht des Vollmondes kroch schummrig bis in den kleinsten Winkel und Aurelia konnte die Pferde erkennen, die vor sich hindösten. Ihre Begleiter lagen auf ihren Lagern und schliefen nach wie vor tief und fest und hatten von dem Liebesgeplänkel, das sich hinter den Weinfässern abspielte, rein gar nichts bemerkt.

Fühlte sich so wahre Liebe so an? Dann hatte sie Raoul nie geliebt, allenfalls war sie verliebt gewesen und seinen Komplimenten und seinem öligen Charme erlegen. Aber das spielte im Moment alles keine Rolle. Sie wollte jeden kostbaren Moment auskosten. Trotzdem hoffte sie auf eine andere, eine erfülltere Zukunft.

„Möchtest Du mit mir nach Deutschland kommen Tarek?" fragte Aurelia. „Vorausgesetzt wir kommen lebend aus dieser Geschichte heraus. Ich habe mich auch in Dich verliebt und würde Dich gerne meinem Großvater vorstellen. Ich bin sicher, Du würdest ihn mögen. Er kennt den Orient wie seine Westentasche, denn er ist früher ebenfalls viel gereist."

Tarek schaute sie zärtlich an. Seine tiefen Gefühle spiegelten sich in seinem weichen Blick. „Das würde ich sehr gerne. Du weißt, dass ich Pferde über alles liebe, und ich würde Dir sehr gerne helfen Dein Gestüt weiterzuführen. In Spanien hält mich sicher nichts mehr. Schauen wir, ob sie uns kielholen lassen oder ob wir lebend aus Deiner Rachegeschichte herauskommen. Du weißt, dass ich immer an Deiner Seite stehen werde, solange Du mich lässt. Mein treues Herz ist Dir gewiss."

„Bald wird das Schiff in Barcelona einlaufen. Noch einige Tage, dann wird sich entscheiden, was Allah mit unseren beider Leben vorhat," flüsterte Tarek. Noch konnten sie ihre Liebe nicht offen zeigen und so schlich Tarek sich wieder auf seine eigene Schlafmatte bei den Männern. Doch das Verlangen nach dieser Frau ließ ihn in erotische Träume versinken.

Bald erwachte der nächste Tag und die gleisende Sonne trat über den Horizont. Das Leben an Deck erwachte und man hörte den Maat seine Befehle rufen. Tarek hatte Aurelia bereits Frühstück gebracht, eine undefinierbare Masse, die so etwas wie Haferbrei sein sollte. So schlecht schmeckte es allerdings gar nicht und es machte satt. Ihre eigenen Vorräte neigten sich bereits dem Ende zu und es war Zeit, dass sie an Land kamen.

Das Schiff kam nur langsam vorwärts, denn seit Tagen gab es wenig Wind und die Segel hingen fast schlaff herunter. Die Stimmung unter den Matrosen und unter Don Pedros Männern wurde immer angespannter und aggressiver. Hin und wieder gab es kleinere Auseinandersetzungen.

Als einer der mitreisenden Männer zu faul war ans Deck zu gehen, um über die Schiffsreeling zu pinkeln und sich im Schiffsbauch im hintersten Winkel entleeren wollte, stieß er auf Aurelias Lager. Vor sich hindösend lag sie darauf, denn was sollte sie sonst schon tun. Sie hatte nicht bemerkt, dass sich der Mann den Weinfässern näherte.

„Oh, was haben wir denn da? rief er laut. Er schnappte das Mädchen und zog sie von ihrer Decke. Ängstlich schaute sie ihn an. Tarek, der bis zuletzt gehofft hatte, dass der Pferdetreiber Aurelia nicht bemerken würde, kam schnell auf ihn zu. „Entschuldige bitte Omar, das ist mein kleiner Bruder. Er ist stumm und ich habe ihn dort hinten versteckt damit ihn Don Pedros Männer nicht sehen.

Ich habe die Schiffspassage für ihn bezahlt. Du kannst den Kapitän gerne fragen. Nur sag bitte Don Pedro nichts, er würde einen unnötigen Esser mehr sicher nicht mitnehmen wollen. Er würde ihn nur als Last empfinden und ihn womöglich zurücklassen. Aber ich muss doch auf meinen kleinen Bruder aufpassen. Wir haben sonst keine Familie mehr die sich um ihn kümmern könnte. Übrigens heißt er Abdul."

„Da könnte ja jeder kommen. Was bekomme ich denn dafür, wenn ich Don Pedro nichts sage?"

Tarek überlegte. „Du bekommst ein Viertel meines Lohnes, sobald er uns ausbezahlt hat. Versprochen."

Sie besiegelten das Versprechen mit einem Handschlag und der Pferdetreiber namens Achmed schnappte sich Aurelias Sachen und meinte, dass sie jetzt doch bei ihnen schlafen könne. Doch Aurelia nahm ihm die Sachen wieder aus der Hand und blickte Tarek flehend an. Dieser erklärte Achmed, dass der Junge lieber hinter den Weinfässern bleiben wolle. Dort würde er sich geborgener fühlen. Achmed schluckte diese Erklärung. „Aber dann kann der Junge wenigstens mit uns essen."

Es war in der Tat einfacher sich nicht mehr verstecken zu müssen. Doch die Rolle die Aurelia als stummer Junge spielen musste, verlangte ihr alle Schauspielkunst ab, die sie aufbringen konnte. Manchmal biss sie sich buchstäblich in letzter Sekunde auf die Zunge, denn sie hätte sich beinah verraten.

Nun konnte die junge Frau auch ungeniert zu den Pferden gehen. Die Männer schauten wohlwollend, wenn Djamal zärtlich schnaubte und am Ärmel des vermeintlichen Jungen knabberte. Achmed schlug vor, bei Ankunft in Barcelona vielleicht doch Don Pedro zu bitten, Abdul als Pferdejungen mitzunehmen.

Tarek stimmte ihm erst einmal zu, um kein Misstrauen zu erwecken.

Vom Deck hielt Aurelia sich allerdings nach wie vor fern. Denn sie wollte sich weder vom Kapitän noch von ihrem Vater sehen lassen, um ja keine Aufmerksamkeit auf sich zu ziehen.

Tarek hatte den Kapitän inzwischen gefragt wie lange die Reise noch dauern würde und dieser hatte ihm mitgeteilt, dass man vermutlich am nächsten Tag Land sehen würde. Zumindest wenn der Wind, der inzwischen wieder kräftig blies, so anhielt. Das hieß aber auch, dass es die letzte Nacht sein würde an Bord. Aurelia hatte also nur diese eine Chance heute Nacht und irgendwie musste es ihr gelingen, nahe genug an ihren Vater heranzukommen.

Der verliebte Tunesier hatte furchtbare Angst um Aurelia. Wenn die Sache schief ging, würde er ihr nicht beistehen können, ohne sich selbst in Gefahr zu bringen. Wobei dann die Sache so oder so auffliegen würde, wenn die Pferdetreiber mitbekamen, dass der stumme Junge eine Attentäterin war. Sie würden sofort erkennen, dass er zu ihr gehörte. Dann musste er schnellstens mit dem Hengst fliehen. Vielleicht konnte er ihn wenigstens heim nach Deutschland zu Aurelias Großvater auf den Dorner Hof bringen. Die junge Frau hatte ihm erzählt, dass dieses Gestüt im Süden Deutschlands lag, an einem sehr großen See, namens Bodensee. Das würde er schon finden.

Der Tag ging schnell vorüber. Die Sonne ging bereits unter, der Horizont schillerte in den unterschiedlichsten Rottönen. Heute sollte die Nacht der Nächte sein. Aurelia war aufgeregt. Sie würde heute ihren Vater, das Wort fühlte sich komisch an, eher ihren Erzeuger, zur Rede stellen und tun, was auch immer sie tun musste, um ihre Mutter zu rächen. Den Dolch, den ihr Tarek bereits in Tunis besorgt hatte, um sich notfalls verteidigen zu können, steckte in seiner Scheide. Den ledernen Befestigungsgurt trug sie unter ihrem weiten Kaftan, fest an ihre Hüfte geschnallt.

Noch immer konnte alles gewaltig schiefgehen, falls sie erwischt werden würde. Dann war ihr Todesurteil letztendlich besiegelt. Tarek hatte ihr versprochen den Hengst zu Georg aufs Gestüt zu bringen, falls ihr etwas passieren würde. Somit würde dieser wenigstens nicht in die falschen Hände fallen.

Es war fast stockdunkel als sie an Deck stieg. Es waren kaum Sterne sichtbar. Nur eine abnehmende Mondsichel spendete ein kleines bisschen Licht. Ihre Haare trug sie offen und die dunkle Farbe hatte sie sich aus dem Gesicht gewaschen. Jetzt war kein Versteckspiel mehr nötig. Sie betete, dass ihre Mission gut ging und sie das Richtige tun würde.

Geduckt schlich sie zu der kleinen Treppe, die aufs Oberdeck zur Kapitänskajüte führte, in welcher Don Pedro sich aufhielt. Sie lauschte an der Tür. Es herrschte Totenstille. Langsam öffnete sie die Tür und lauschte ins Zimmer. Es war nichts zu hören, also trat sie ein.

Ihr Vater saß in einem Lehnstuhl und war dort eingeschlafen. Vor ihm, auf einem kleinen Tischchen, stand eine fast heruntergebrannte Kerze. Aurelia ging leise auf ihn zu, stellte sich vor ihn hin und betrachtete sein Gesicht. Im Schlaf sah er kein bisschen arrogant aus, sondern eher sanft und friedlich. Er hatte edle, feine Gesichtszüge und sah ihr sogar ähnlich. Gespaltete Gefühle brodelten in ihr hoch. Noch konnte sie unentdeckt gehen und am nächsten Morgen unbescholten von Bord marschieren. Doch dann würde sie sich ihr ganzes restliches Leben vorwerfen, versagt zu haben.

So ruhig und schlafend, wie er da saß wäre es ein Leichtes ihm, jetzt und auf der Stelle, einfach ihr Messer ins Herz zu stoßen. Es würde schnell gehen und Gegenwehr hatte sie nicht zu erwarten.

Das Messer lag kalt und schwer in ihrer Hand. Doch irgendetwas hielt sie von der Tat ab. Sie kannte nur die Erzählungen Georgs und den Brief ihrer Mutter. Was, wenn sich doch alles ganz anders zugetragen hatte? Dann würde sie einen unschuldigen Menschen töten und das war heimtückischer Mord. Hieß es nicht, im Zweifel für den Angeklagten? Sie würde ihn jetzt wecken und seine Version der Geschichte anhören. Auch auf die Gefahr hin, dass er seine Tochter kielholen lassen würde oder als Gefangene nach Madrid karren und im Kerker verrotten lassen würde. Doch das Bedürfnis mit ihm zu reden war größer als die Angst, wie er reagieren würde.

Sie rüttelte Don Pedro an der Schulter und trat sofort einen Schritt zurück, außerhalb seiner Reichweite. Verschlafen öffnete der Spanier seine Augen und blinzelte. „Hoppla, meine Schöne. Wo kommt ihr denn so plötzlich her. Dann sah er das Messer in ihrer Hand. Was wollt ihr von mir?" fragte er verwundert.

„Schnauze Du widerlicher Vergewaltiger und Frauenschänder. Ich bin Deine Tochter!" zischte sie. Gleich darauf flüsterte sie bewegt: „Ihr habt meine Mutter Laura von Dorner vergewaltigt und ich bin das Produkt dieser Tat. Versteht ihr, dass ich sie rächen muss? Sie ist bei meiner Geburt gestorben. Deshalb habe ich sie auch nie kennenlernen können."

Während er das Gesprochene erst langsam begriff, wurde ihr selbst ganz mulmig zumute. Was wenn er jetzt aufsprang und sie angriff. Sie hätte keine Chance mehr sich gegen den großen und vom Kampf gestählten Mann zu wehren.

Seine Gedanken gingen jedoch zurück zu jenem Tag am See und wie er Laura hatte demütigen wollen, weil er den Hengst Estawan nicht haben konnte. War daraus wirklich ein Kind hervorgegangen und weshalb hatte er nie davon erfahren? Im Nachhinein war er über sich selbst und seinen Egoismus schockiert. Er bereute zutiefst, was er getan hatte.

„Du hast recht mein liebes Kind," versuchte ihr Vater sie zu beschwichtigen.

„Nennt mich nicht so ihr Widerling," keifte Aurelia, immer noch wütend.

„Ich habe mich mehr als gemein verhalten und das tut mir inzwischen sehr leid. Aber ich war so besessen von diesem wundervollen Hengst und ich dachte an die Schmach die mein Vater – Dein Großvater väterlicherseits, Gott hab ihn selig – würde erdulden müssen, wenn wir ohne das gewünschte Pferd an den spanischen Hof zurückkehren würden. Diese Vorahnung hat sich dann leider auch bewahrheitet. Der König warf meinen Vater sofort nach unserer Rückkehr in den Kerker, obwohl er sein

Bruder war. Dort siechte er qualvoll dahin und starb. Alles flehen und betteln half nichts. Meine Mutter konnte seinen Verlust nicht verkraften und starb etwa ein Jahr später.

Ein Lächeln stahl sich in sein Gesicht. „Deine Mutter war eine so wunderschöne Frau. So unschuldig. Sie hatte eine wundervoll zarte, weiße Haut und eine wilde, rotblonde Lockenmähne. Ihre smaragdgrünen Augen waren wie tiefe Bergseen. Man konnte gänzlich darin versinken. Sie war einfach ganz anders als die dunkelhäutigeren Spanierinnen. Ich weiß nicht, was damals über mich gekommen ist. Sie musste meine Besessenheit und innere Wut ausbaden. Dass hat sie nicht verdient und es tut mir unendlich und aufrichtig leid. Ich wusste auch nicht, dass Du aus dieser kurzen Verbindung hervorgegangen bist. Diese Nachricht wurde mir nie mitgeteilt, sonst hätte ich selbstverständlich für Dich gesorgt. Bitte verzeih mir. Wenn ich es wieder gut machen könnte, dann würde ich das sofort tun."

Aus Aurelia brachen die ganzen aufgestauten Gefühle heraus. Ihre Knie wurden weich, sie sackte auf den Boden und schluchzte tief verzweifelt. Der Dolch entglitt ihrer Hand. Sie war nicht fähig ihren Vater zu töten, obwohl er die Tat mehr oder weniger gestanden hatte. Er hätte sie jetzt leicht gefangen nehmen lassen können. Doch Don Pedro, selbst überwältigt von der Tatsache eine so schöne Tochter zu haben, kniete sich neben das weinende Geschöpf. Er nahm die heftig schluchzende junge Frau in seine Arme. „Wie heißt Du denn eigentlich? Ich habe mir immer eine Tochter gewünscht. Meine Frau konnte leider keine Kinder bekommen. Auch so ein Fluch des Schicksals."

„Ich heiße Aurelia," sagte sie leise. Sie fasste sich wieder etwas und erzählte ihm ihre ganze Geschichte. Vom Tod ihrer Mutter, dem Aufwachsen hinter engen Klostermauern und der daraus resultierenden tiefen Einsamkeit. Auch, dass ihr Großvater Qualen gelitten hatte und wie der Wunsch in ihr brannte sich im Namen ihrer toten Mutter zu rächen.

Ihr Vater hatte ebenfalls Tränen in den Augen als Aurelia mit der Erzählung fertig war. „Liebe Aurelia, ich war wirklich ein Scheusal und glaube mir bitte, hätte ich das alles gewusst, dann hätte ich Dich wenigstens finanziell unterstützt und zu den Folgen meiner Tat gestanden. Doch noch ist es nicht zu spät. Ich würde Dir gerne ein guter Vater sein, wenn Du es zulässt. Ich kann versuchen wenigstens einen Teil meiner Schuld wieder gut zu machen. Morgen im Laufe des Vormittags werden wir in Barcelona anlegen und ich werde nach Madrid reiten und die gekauften Pferde dem König übergeben. Dafür werde ich gut entlohnt werden. Wie könnte ich Deiner Meinung nach halbwegs wieder gut machen, was ich verbrochen habe? Brauchst Du Geld, Edelsteine oder ein Haus. Das kann ich Dir alles geben, denn ich bin recht wohlhabend."

Aurelia überlegte nicht lange. „Ich möchte eigentlich nur unbescholten auf den Dorner Hof zurück zu meinem Großvater. Leider bin ich noch immer mit Raoul de Toussant verheiratet. Ich habe eine riesige Dummheit gemacht als ich in diese Ehe eingewilligt habe, denn er liebt mich gar nicht, sondern es ging ihm ebenfalls nur um ein Pferd, nämlich Estawans Sohn. In Frankreich hatte er bereits eine andere Frau geschwängert, bevor er mich kennen gelernt hat. Ich wusste damals nichts davon, sonst hätte ich ihn niemals geheiratet. Eine Scheidung wird jedoch kaum möglich sein, denn ich glaube nicht, dass er mich aus dieser Ehe entlassen wird, zumal er immer noch scharf auf meinen Zuchthengst ist. Stell Dir vor, er hat Djamal bereits an den König verkauft, obwohl er gar keine Besitzurkunde hat. Die habe ich nämlich hier bei mir. Schließlich ist es mein Pferd und ich habe es nicht verkauft und auch keinerlei Einwilligung dazu gegeben." Sie hatte sich richtig in Rage geredet und Don Pedro amüsierte sich. Dann sprach sie weiter.

Könntest Du vielleicht das Gerücht aufkommen lassen, dass Dir auf Deiner Reise in den Orient zu Ohren gekommen ist, dass eine Dame namens Aurelia de Toussant von wilden Rebellen ermordet worden ist? Dann würde Raoul denken, dass ich tot bin und mich nicht mehr suchen lassen. Und ich würde dann sofort nach Hause reiten."

Don Pedro erwiderte: „Du weißt selbst, dass es manchmal seltsame Zufälle gibt. Aus irgendeinem blöden Grund könnte er erfahren, dass Du noch lebst. Auf dem Dorner Hof verkehren viele internationale Gäste die Gerüchte gerne weitertragen und Raoul hat weitreichende Kontakte. Nein, ich habe eine bessere Idee."

Ich werde alles tun was in meiner Macht steht mein liebes Kind. Aber nun geh schlafen. Wir treffen uns morgen beim Ausladen der Pferde. Bis dahin habe ich mir eine Strategie überlegt."

Müde löste sich Aurelia aus den Armen ihres Vaters und ging in Richtung Treppe zum Unterdeck. Sie konnte nicht mehr wütend sein auf ihren Vater. Vielleicht tat es ihm wirklich leid? Er hatte jedenfalls einen sehr aufrichtigen Eindruck gemacht. Sie hatte doch schon ihre Mutter verloren. Vielleicht hatte sie einen Vater gewonnen?

Sie kletterte die Treppe in den Schiffsbauch hinunter, wo Tarek schon aufgeregt auf sie wartete und glücklich darüber war sie zu sehen. „Nun erzähl schon, ich platze vor Neugierde."

Doch die junge Frau meinte nur, ich erzähl Dir alles morgen und kuschelte sich auf sein Lager in seine Arme. Fast sofort schlief sie ein.

Wirre Träume plagten sie die ganze Nacht und sie war nicht wirklich erholt, als sie am frühen Morgen hinauf aufs Deck kletterte. Sie hatte den Ausruf des Maats „Land in Sicht" gehört und wollte sich selbst vergewissern, dass sie bald die spanische Küste erreichten. Tatsächlich sahen sie in der Ferne den Küstenstreifen auf sie zukommen. Die Häuser einer großen Stadt wurden immer größer. BARCELONA. Endlich.

Die Matrosen begannen ein Segel nach dem anderen einzuholen, denn inzwischen steuerten sie bereits ins Hafenbecken. Es war gar nicht so leicht die Geschwindigkeit so präzise zu drosseln, dass es nicht zu fest an der befestigten Kaimauer entlang rammte und etwas beschädigt wurde. Doch der Kapitän war ein alter Hase, denn er fuhr schon viele

Jahre zur See und hatte einige schwierige Situationen und Stürme überlebt.

Als das Schiff dann fest vor Anker lag und sicher vertäut war, begannen die Matrosen die Pferde auszuladen. Dazu wurde den Tieren, einem nach dem anderen, ein dicker Gurt unter dem Bauch hindurch gezogen und sicher befestigt. Dann wurden sie an einen großen Haken gehängt und mit einem Flaschenzug aus dem Schiff des Bauches nach oben gehievt. Die meisten Pferde ließen diese Prozedur zwar ruhig über sich ergehen, doch einige rollten dabei vor Angst die Augen und man sah ihnen fast schon die Erleichterung an, wieder festen Boden unter den Beinen zu haben.

Als Tarek Hand in Hand mit einer jungen, wunderschönen blonden Frau vom Schiff schlenderte, schauten seine Freunde nicht schlecht. Wo war denn sein stummer Bruder geblieben? Verwirrt schüttelten sie den Kopf. Doch sie mussten arbeiten und sich um die Pferde kümmern. Deshalb blieb ihnen zunächst keine Zeit nach Tareks neuer Begleitung zu fragen.

Nun musste sie sich endlich nicht mehr verstecken. Sie nahmen ihre Pferde in Empfang und blieben am

Kai stehen, um auf Don Pedro zu warten. Während-dessen erzählte Aurelia ihrem Geliebten, was gestern Nacht vorgefallen war.

Tarek hatte insgeheim gehofft, dass Aurelia diese schlimme Tat nicht begehen würde. Er hatte die junge Frau schon am Kiel des Schiffes hängen sehen. Über ihre Entscheidung, ihren Vater erst anzuhören, war er richtig glücklich.

„Ich bin wirklich froh mein Schatz, dass Du es Dir anders überlegt hast. Die Familie ist heilig. Auch wenn die Art wie Du gezeugt worden bist mehr als übel war, so scheint er wirklich zu wissen, was er verbrochen hat und es tut ihm leid. Außerdem bist du immer noch sein Fleisch und Blut."

Aurelia lächelte. „Ja Du hast recht. Wir treffen ihn nachher, er wollte sich eine Strategie überlegen wie wir unbehelligt vor Verfolgung, aus der Geschichte herauskommen. Mein Ehemann will den Hengst mit Sicherheit immer noch haben. Schließlich hat der König das Pferd schon bezahlt und denkt, dass es ihm gehört."

Da sahen sie bereits Don Pedro auf sich zukommen. Er hatte sich gerade vom Kapitän verabschiedet und ihm für die Überfahrt gedankt.

„Ach da bist Du ja meine Liebe. Wer ist denn Dein Begleiter?" fragte er.

„Darf ich Dir Tarek, meinen besten und treuesten Freund vorstellen? Er wird mich nach Deutschland begleiten."

Ihr Vater lächelte. „Gut. Ich habe mir folgendes überlegt. Mir wird schon etwas einfallen, um Raoul zu überreden, dass er in eine Scheidung einwilligt oder sie sogar annullieren lässt und keinerlei weiteren Ansprüche mehr gegen Dich erhebt. Die Geschichte, dass er ein Mädchen in Not zurückgelassen hat, ist ebenfalls sicher hilfreich. Außerdem wird er nun auch nicht mehr am Hof bleiben können, denn er hat bezüglich Deines Hengstes die Gunst des Königs verspielt und muss froh sein, wenn der ihn nicht in den Kerker werfen lässt. Deshalb wird er froh sein, wenn ich ihm eine größere Summe anbiete, damit er dem König das für Djamal bezahlte Geld zurückgeben kann. Oder er verschwindet eben bei Nacht und Nebel damit. Ich kenne Raoul schon länger und weiß, wie er tickt. Er ist der geborene Lebemann, dabei aber nicht wirklich ein Ehrenmann. Es sind so einige Geschichten über ihn im Umlauf."

Aurelia und Tarek waren freudig überrascht. „Das würdest Du für mich tun Vater? Wenn Du das hinbekommst, dann wäre ich Dir auf ewig dankbar.

Wir könnten auch eine Geschäftsbeziehung zueinander aufbauen und Du kaufst in Zukunft die Pferde für den König bei uns? Nur meinen Djamal bekommst Du nicht."

„Eine gute Idee mein Mädchen. Ich werde mein Bestes tun und Dir per Bote Bericht erstatten lassen. Gib mir nur ein kleines bisschen Zeit. Ich denke es ist am besten, wenn sich unsere Wege jetzt trennen und ihr Beiden schleunigst die Heimreise antretet. Ich gebe Euch meine zwei besten Männer mit. Das bin ich Dir schuldig mein liebes Kind. Ich werde Dich jetzt schon vermissen. Dann steig mal auf Deinen hässlichen Klepper. Hoffentlich schafft er die weite Strecke noch."

Aurelia brach in Gelächter aus. „Bringt mir bitte einen Eimer Wasser," sagte sie zu dem Matrosen, der in ihrer Nähe stand. Dieser rannte sofort davon, um ihr den Wunsch gleich zu erfüllen und kam mit einem Eimer voller Meerwasser zurück. Die junge Frau nahm eines ihrer alten Kleidungsstücke aus ihrem Bündel und wusch einen Teil der Farbe von Djamals Rücken. Weiße Flecken zeigten sich und Don Pedros Augen wurden groß als der dreckig graue Hengst plötzlich zum strahlenden Schimmel wurde. „Darf ich vorstellen Vater, das ist Djamal

Ibn Estawan, einer der schönsten Söhne von Estawan. Mein zukünftiger Zuchthengst."

Ihr Vater schaute verdutzt und fiel ins Gelächter mit ein. „So kann man sich täuschen," grinste er.

„So meine Liebe, wir werden uns leider jetzt und hier verabschieden müssen. Meine Wege führen nach Madrid und ich brenne schon darauf Raoul nahe zu legen was er zu tun hat. Ich habe diesen Kerl sowieso nie gemocht." Er winkte zwei großen kräftigen Männern herzukommen und befahl ihnen mit Aurelia und Tarek nach Deutschland zu reiten und sie mit ihrem Leben zu beschützen.

Aurelias Herz wurde von einer tiefen Dankbarkeit geflutet. Sie konnte nicht anders, schritt auf ihren Vater zu und nahm ihn noch einmal in den Arm, drückte und herzte ihn. Dann stiegen sie und Tarek auf die Rücken ihrer Pferde und fielen in einen leichten Trab. Die Heimat wartete.

Etwas Wehmut war in ihrem Herzen, weil sie ihren Vater gefunden und so schnell wieder verlassen musste. Doch jetzt würde sie erst einmal schnellstens zu ihrem Großvater reiten und ihm die ganze Geschichte erzählen. Was er wohl dazu sagen würde? Sie hoffte, dass sie nicht zu spät kam und Georg noch lebte.

Der Heimweg führte sie an der Ostküste Spaniens entlang, durch Frankreich und die Schweiz an den Bodensee.

Zum Glück hatte Don Pedro ihnen die beiden bewaffneten Söldner mitgegeben, denn es war mehrere Male zu versuchten Überfällen gekommen. Doch die kampferprobten Männer hatten die Banditen recht schnell in die Flucht jagen können und so waren sie unverletzt geblieben.

Reiter und Pferde waren fast am Ende ihrer Kräfte. Der Herbst hatte bereits Einzug gehalten und es wurde nachts kühl. Auch dieses Mal hatten sie fast immer in kleinen Herbergen übernachtet, die ihnen einen gewissen Schutz boten. Als sie die Vogesen überquerten, mussten sie allerdings einmal eine Nacht in einer trockenen Höhle übernachten da sich keine andere Gelegenheit bot. Doch fest aneinander gekuschelt überstanden die beiden Liebenden auch diese Nacht. Lange waren sie nachts noch vor der Höhle an einem gemütlichen Feuerchen gesessen und hatte sie Sterne am klaren Himmel beobachtet und sich viel erzählt.

Zwischen den Beiden war eine besondere Form der Liebe entstanden. Tiefe Verbundenheit, ein ähnliches Denken und leidenschaftliche, körperliche Übereinstimmung machte sie zu Seelenpartnern.

Sie verstanden sich blind und ihre Herzen standen in Flammen.

Oft fragte sich die junge Frau, wie sie hatte denken können, dass sie Raoul de Toussant geliebt hätte. Erst jetzt wusste sie, was wirkliche Liebe war und wie gut es sich anfühlte. Liebe war nicht gebunden an Alter, Schönheit oder Rasse. Sie war einfach ein unbeschreibliches Gefühl des füreinander Daseins und der körperlichen Verschmelzung. Alles war einfach und nichts schmerzhaft. Man verstand sich ohne viele Worte und konnte sich zu einhundert Prozent aufeinander verlassen. So wie sie sich immer auf Tarek hatte verlassen können. Er war so ein großer Schatz und dabei so liebevoll und genügsam. Er hatte noch nie etwas von ihr verlangt oder Bedingungen gestellt, sondern immer selbstlos gegeben. Das würde sie ihm nie vergessen.

Müde und hungrig ritten sie an einem rauen und windigen Herbsttag die Kastanienallee zum Gestüt Dorner Hof entlang. Eine bleierne Ruhe lag über dem Gestüt. Die Bäume hatten ihre Herbstfärbung angenommen und viele Kastanien lagen auf dem Weg. Bald würde es kalt werden. Doch auf den umliegenden Koppeln standen immer noch unzählige Pferde. Es hatte sich diesbezüglich nichts verändert.

Das ließ Aurelia hoffen Georg noch lebend anzutreffen.

Vor den Stallungen stiegen sie ab und übergaben die Pferde an den alten Vinzenz. Dieser freute sich sehr Aurelia und ihren Hengst zu sehen und konnte das Grinsen gar nicht mehr aus seinem Gesicht bekommen. Die junge Frau stellte ihm Tarek und die beiden Soldaten vor. Dann fragte sie: „Wie geht es denn meinem Großvater?"

Vinzenz' Freude wich und machte einem besorgten Gesichtsausdruck Platz. „Er ist nur noch ein Schatten seiner selbst. Als ob er ein gebrochenes Herz hätte."

Aurelia nahm Tarek an der Hand und zog ihn den sorgfältig gekiesten Weg zum Haupthaus hinauf. Die Soldaten folgten ihnen. Die Männer würden noch eine Nacht bleiben und erst am nächsten Tag die Heimreise antreten.

Tief sog die junge Frau die kühle Abendluft ein und öffnete die schwere, mit Schnitzereien verzierte Tür zur Eingangshalle. Es war Niemand zu sehen. Deshalb führte sie Tarek und die beiden Männer zunächst ins Speisezimmer, bat sie sich zu setzen und auf sie zu warten. Dann ging die junge Frau ins Kaminzimmer und fand Georg gemütlich in einem Ledersessel sitzend vor. Mit einem Buch in der Hand war er eingeschlafen. Da sie ihn nicht wecken wollte ging sie in die Küche, um Maria zu suchen. Doch auch hier fand sie Niemanden vor. Da sie dringend etwas Warmes zu trinken brauchte, bereitete sie zunächst heißes Wasser und gab einige von den mitgebrachten, getrockneten Minzblättern hinein. Dann ließ sie das Gemisch noch etwas köcheln. Währenddessen suchte sie Zucker und etwas Gebäck und stellte alles auf ein Tablett. Dann befüllte sie eine schöne Keramikkanne und marschierte so bewaffnet zurück ins Speisezimmer, um den dort sitzenden Herren eine kleine Stärkung zu bringen.

Kurz darauf tauchte Maria auf. Diese erschrak kurz als sie vier Personen im Speisezimmer sitzen sah, rannte dann aber freudestrahlend auf Aurelia zu und nahm sie fest in die Arme.

„Oh, ist das schön, dass Du wieder da bist. Da wird sich Georg aber freuen. Ich glaube er schläft noch. Es geht ihm nicht so gut."

Aurelia entwand sich ihrer Umarmung und stellte die anwesenden Männer vor. „Kannst Du den Herren bitte ihre Unterkunft zeigen liebe Maria? Dann können sie sich schon etwas frisch machen und ausruhen. Ich werde Georg auch etwas Tee bringen." Maria wuselte bereits aufgeregt um die Männer herum und bat sie nach oben mitzukommen.

Aurelia holte zwei weitere Tassen, füllte sie mit dem starken Pfefferminztee und löffelte Zucker hinein. Sie hatte sich an das süße Getränk gewöhnt und wollte es nicht mehr missen. Mit ihren Tassen jonglierend trat sie ins Kaminzimmer. Sie setzte sich Georg gegenüber und schaute ihn an.

Als ob er gemerkt hätte, dass er angestarrt wird, öffnete er die Augen und blinzelte. Seine Augen wurden immer größer als in sein Bewusstsein drang, wen er da vor sich hatte. Tränen stiegen in seine Augen. Aurelia ging zu ihm hin und sie nahmen sich schweigend und voller gegenseitiger Ergriffenheit in die Arme. Schluchzend stammelte Georg wie sehr er sich freue sie wieder zu sehen.

„Großvater, wie geht es Dir denn? Ich habe mir solche Sorgen um Dich gemacht, aber ich konnte nicht früher zurückkommen und Dir auch keine Nachricht überbringen lassen. Wir haben so einige Abenteuer hinter uns. Djamal und ich. Außerdem habe ich Jemanden mitgebracht." Sie sprudelte förmlich über vor lauter Glück.

„Langsam mein Schatz, Du überforderst mich gerade." Georg nahm die ihm gereichte Tasse lächelnd entgegen. Lass mich Dich erst einmal anschauen und vollends aufwachen." Genüsslich schlürfte er seinen Pfefferminztee.

„Oh, wie gut das schmeckt. Den Tee habe ich vermisst. Woher hast Du denn die Minzeblätter dafür?"

Aurelia strahlte ihn an und erzählte ihm wie sie in Frankreich, an Raouls Seite, auf dessen Gestüt angekommen war und gleich am ersten Abend von der schwangeren Natalie erfahren hatte.

„Raouls Vater Alain ist sehr nett und warmherzig. Er liebt seine Pferde genauso wie Du Deine. Seine Mutter Klara war mir anfangs nicht so sehr sympathisch. Sie wirkte kalt, aber später hat sie mich dann doch sehr unterstützt."

Aurelia erzählte die Geschichte in der Kurzfassung, denn sie wollte Georg unbedingt Tarek vorstellen. Zuvor schwärmte sie aber in den höchsten Tönen von ihm. „Na, auf den großartigen jungen Mann bin ich ja gespannt. Dann lass uns mal Maria suchen. Sie soll uns etwas Gutes kochen. Ihr habt sicher richtig Hunger und ich ehrlich gesagt jetzt auch."

Maria werkelte bereits in der Küche herum. Sie hatte schon die Vorräte gesichtet und begonnen ein kleines Festmahl zu zaubern. „Bis wann gibt es denn etwas zu essen Maria?" fragte Georg seine Haushälterin.

„Es dauert nicht mehr lange, etwa in einer halben Stunde."

Aurelia sah ihren Großvater an und meinte: „Dann werde ich auch noch schnell nach oben gehen und mich frisch machen und umziehen. Ich fühle mich dreckig. Dann sehen wir uns gleich und ich werde Dir Tarek und unsere zwei Beschützer vorstellen."

Und schon rannte sie nach oben in ihr altes Zimmer. Als sie die Tür aufmachte wurde ihr bewusst, wie sehr sie dies alles vermisst hatte. Sie hatte dieses Rosenmuster, welches in ihrem Zimmer dominierte, schon immer geliebt. Dieses Zimmer hatte so etwas unbeschwert, mädchenhaftes und genauso fühlte sie sich jetzt auch. Wie ein junges, unbeschwertes und sehr glückliches Mädchen. Alle Strapazen der letzten Monate fielen von ihr ab.

Ja, sie war reifer geworden, hatte viel erlebt. Aber es war als sei ihr eine schwere Last vom Herzen genommen worden. Sie wusste jetzt, wer und wie ihr Vater war und dass er nie etwas von ihr gewusst hatte. Vielleicht wäre sonst alles anders gekommen. Aber sie war einfach nur froh, dass sich alles so zum Guten gewendet hatte und sie ein dunkles Kapitel ihres Lebens abschließen konnte. Jetzt musste er nur noch sein Wort halten, denn dann war ihr Glück perfekt.

Als es an ihrer Tür klopfte, erwartete sie Maria zu sehen, doch es war Tarek. Neugierig fragte er: „Und weiß Dein Großvater schon von mir? Ich bin so aufgeregt."

Aurelia lachte. „Keine Angst, er wird Dich nicht fressen. Er liebt alles, was arabisch ist oder so aussieht."

Gemeinsam gingen sie die Treppe hinunter ins Speisezimmer. Ein Dienstmädchen, das Aurelia noch nicht kannte, war gerade auf dem Weg die beiden Soldaten zu Tisch zu bitten.

Als sie ins Zimmer traten war Georg schon anwesend. Aurelia stellte ihm Tarek vor. Georg sagte zunächst nichts. Er musterte den jungen Tunesier eingehend von oben bis unten, ohne auch nur ein einziges Wort zu sagen. Dann, ohne Vorwarnung, nahm er ihn herzlich in die Arme.

Tarek schien die Luft weg zu bleiben, doch dann lächelte er verwirrt als Georg sagte: „Herzlich Willkommen Tarek. Ich freu mich sehr Dich kennenzulernen. Solange Aurelia Dich liebt, werde ich Dich auch lieben und mein Wissen gerne mit Dir teilen. Aber wenn Du ihr weh tust, dann hast Du mich zum Feind und das willst Du nicht, glaub mir."

Tarek schluckte. „Ich würde ihr niemals bewusst weh tun Herr von Dorner. Vielen Dank. Es ist mir eine große Ehre sie kennenzulernen. Von Ihnen lernen zu dürfen wäre großartig. Ihr Ruf eilt Ihnen weit voraus. Selbst bis an den spanischen Hof in die dortigen Stallungen."

Georg amüsierte sich über Tareks Verlegenheit. „Nenn mich bitte einfach Georg. Du gehörst ab sofort zur Familie."

Mit diesen Worten setzte sich der alte Mann an den Tisch. Gerade betraten auch die beiden Söldner den Raum. Georg nickte ihnen zu und bat die Beiden sich zu setzen. Maria trug währenddessen das Essen auf. „Greifen Sie zu und lassen Sie es sich schmecken meine Herren, ich kann mich nur so bei Ihnen bedanken, dass sie meine Enkelin so wohlbehalten hierher begleitet haben."

Der ältere der beiden Männer ergriff das Wort: „Keine Ursache Herr von Dorner. Das ist unser Job und darin sind wir gut. Aber ein gastfreundliches Haus freut uns natürlich immer, zumal wir morgen schon wieder auf die lange Rückreise gehen müssen. Don Pedro erwartet uns so schnell wie möglich zurück und möchte Gewissheit darüber haben, dass seine Tochter gut daheim angekommen ist."

Georgs Stirn umwölkte sich kurz, aber er sah ein, dass es für seine Enkelin wichtig war, dass sie einen

Vater hatte und so entwickelte sich ein lautes Tisch-gespräch und Aurelia und Tarek musste von ihren Abenteuern berichten.

Es würde spät als man sich zu Bett begab. Aurelia gab Tarek zu verstehen, dass er noch in seinem Zimmer schlafen müsse, da sie noch nicht geschie-den war. Dieser trollte sich schmollend.

Als sich die Söldner nach dem Frühstück am nächs-ten Tag auf den Heimweg nach Madrid gemacht hatten, entführte Georg den jungen Tunesier kur-zerhand und nahm ihn mit in seine Stallungen hin-unter. Dort zeigte er ihm alle Pferde und erklärte ihm wie er arbeitete. Die Beiden waren in ihrem Element und Georg freute sich darüber, dass Tarek so viel Pferdeverstand besaß.

In den nächsten Wochen sah man wie Georg auf-blühte. Er aß wieder und hatte wieder Lebensfreude. Oft saß er mit Aurelia und Tarek zusammen am Tisch und besprachen, wie man züchterisch weiter vorgehen wollte und welche Verpaarungen anstün-den. Der gemütliche Alltag kehrte auf dem Dorner Hof ein. Stuten wurden gedeckt, Fohlen geboren, alte Pferde starben. So erneuerte sich das Leben. Die eine Seele kam und die andere Seele ging.

Tarek hatte es nachts allein in seinem Zimmer nicht ausgehalten. Die Sehnsucht brannte und so stahl er sich jede Nacht zu Aurelia ins Bett. Sie schmiegten ihre Körper aneinander, genossen die Wärme und erforschten sich gegenseitig. Es war, als ob sie füreinander geschaffen waren und sie wollten sich nie mehr loslassen. Es fühlte sich an wie pure Magie, dass sie sich gefunden und lieben gelernt hatten. Das Schicksal hatte sie zusammengeführt.

Aurelia fühlte sich in letzter Zeit nicht sehr wohl. Ihr war ständig übel. Heißhunger wechselte sich mit Appetitlosigkeit ab. Anfangs hatte sie gedacht, dass dies einfach nur noch die Nachwehen der erlittenen Strapazen waren, doch dann blieb ihre Regelblutung aus und sie musste sich eingestehen, dass sie schwanger war. Sie würde ein Kind von Tarek bekommen. Eigentlich nicht so schlimm, denn sie liebten sich heiß und innig. Auch Georg würde sich sicher über einen Urenkel freuen. Doch sie war immer noch verheiratet und von ihrem Vater hatte sie bisher leider nichts gehört. Wenn ihr Ehemann Raoul davon erfahren würde, dann hätte er Anspruch auf dieses Kind, denn es würde während der Ehezeit geboren werden. Dieser Umstand nagte schwer an ihr.

Es war inzwischen Ende Januar geworden und noch immer war kein spanischer Bote auf den Hof geritten.

Sie hatte es Tarek und ihrem Großvater bereits gebeichtet, dass sie schwanger war. Ein kleines Bäuchlein war zu sehen und das Kind würde voraussichtlich im Juni geboren werden. Alle freuten sich darauf. Doch laut Gesetz würde es Raouls Kind sein, solange sie noch nicht von ihm geschieden war.

Als Aurelia endlich zwei fremdländische Reiter die breite Allee entlang zum Gestüt reiten sah, kroch Angst in ihr hoch. Sie befürchtete, dass Raoul nun vielleicht doch erfahren hatte, dass sie mit Djamal und Tarek wieder auf dem heimischen Gestüt wohnte. Deshalb rief sie Georg. Er sollte die Gäste alleine empfangen, um den Anschein zu erwecken, dass er nach wie vor alleine wohnte.

Der alte Mann trat vor die Haustür, bereit die ankommenden Gäste zu empfangen. Er staunte nicht schlecht, als Don Pedro de Fernandez vor ihm von seinem Pferd abstieg. Dieser verbeugte sich vor Georg und bat ihn um Verzeihung. „Herr von Dorner, ich möchte Ihnen versichern, dass es mir unendlich leidtut, was ich Ihrer Tochter Laura angetan habe. Können Sie mir irgendwie verzeihen? Ich würde alles tun, um das Geschehene rückgängig zu machen. Doch nun kann ich nur Aurelia ein guter Vater sein."

Georg schluckte, es war in der Tat viel verlangt, was Don Pedro hier von ihm forderte. Doch Laura war tot und Aurelia lebte. Er wollte, dass seine Enkelin wenigstens einen Vater hatte, denn Don Pedros Worte klangen aufrichtig. Deshalb reichte er ihm die Hand und sagte:" Don Pedro, es war eine furchtbare Zeit für mich damals. Aber nun hat sich doch noch alles zum Guten gewendet und ich denke für Aurelia ist es das Beste, wenn wir uns vertragen. Seid gegrüßt auf dem Dorner Hof. Ich hoffe, Ihr bringt uns gute Neuigkeiten."

„In der Tat, das tu ich," erwiderte Aurelias Vater. Georg bat die beiden Herren ins Speisezimmer und ließ Getränke auftragen. „Wartet bitte einen Moment Don Pedro. Ich komme gleich wieder."

Er ging die Treppe hinauf und klopfte an Aurelias Tür. „Kommt ihr bitte herunter? Die Stunde der Wahrheit ist angebrochen. Unser Besuch bringt wohl gute Neuigkeiten und ich platze fast vor Spannung." Georg ging wieder ins Speisezimmer und setzte sich zu den Herren.

Kurz darauf kamen Aurelia und Tarek ebenfalls ins Zimmer. Als Aurelia ihren Vater sah freute sie sich sehr, stürmte auf ihn zu und umarmte ihn. „Vater,

ich hätte nicht gedacht, dass ihr uns persönlich be-
ehrt. Es ist eine große Freude Euch zu sehen. Was
habt ihr denn für Neuigkeiten für uns?"

Schmunzelnd griff Don Pedro in seine Ledertasche
und zog ein versiegeltes Dokument heraus. Er
reichte es Aurelia über den Tisch. Diese brach das
Siegel und las das Papier durch. Ihre Augen wurden
immer größer vor Staunen und Tränen begannen zu
fließen.

Ungeduldig fragte Tarek: „Was steht denn drin? So
sag schon."

Aurelia konnte kaum sprechen. „Meine Ehe mit
Raoul de Toussant wurde annulliert aufgrund von
ihm verschleierter Tatsachen. Sie hat also nie bestanden. Wie hast Du das denn geschafft Vater?"

Die junge Frau konnte nicht mehr stillsitzen und
stürmte auf ihren Vater zu um ihn noch einmal zu
umarmen.

„Das mein Mädchen werde ich Dir nicht erzählen.
Wichtig ist nur, dass Du nicht mehr mit diesem Lebemann verheiratet bist. Übrigens ist er reumütig
auf sein Gestüt zurück gekehrt zu Natalie und ihrem Kind. Die Beiden haben geheiratet. Er musste
mir versprechen, dass er sich Dir nie mehr nähern
wird. Hoffe ich jedenfalls. Aber ich denke ich habe
es ihm durchaus klargemacht."

Aurelia konnte ihr Glück kaum fassen. Zu Tarek gewandt sagte sie: „Na dann kann ich ja wieder heiraten?"

Don Pedro schaute verwundert von Georg zu Tarek und meinte: „Habe ich etwas verpasst?"

Aurelia strahlte. „Hast Du, denn Du wirst nämlich bald Opa."

Don Pedro erhob sich, drückte Aurelia an seine Brust, küsste sie auf den Scheitel und meinte: „Na erst Papa, dann gleich Opa. Ich muss gestehen ich bin fast etwas überfordert. Da ist es einfacher eine Schlacht zu überstehen, als gleich solch schwerwiegende Neuigkeiten zu erfahren. Aber ich freue mich riesig. Übrigens hatte meine Cousine Sonya ein Smaragdcollier von Dir gekauft. Eigentlich wollte ich es ihr abkaufen und Dir zurückbringen. Doch sie wollte es partout nicht hergeben. Doch ich habe Dir das hier mitgebracht als kleinen Ersatz dafür."

Er zog ein kleines Beutelchen aus seiner Tasche und kippte es auf dem Tisch aus. Eine wunderschöne, filigran gearbeitete Goldkette besetzt mit olivgrünen Edelsteinen fiel heraus.

„Diese Steine nennt man Peridot. Sie sind genauso olivgrün wie Deine Augen und deshalb habe ich sie

Dir mitgebracht. Gefallen sie Dir mein liebes Kind?"

Aurelia bewunderte die Kette. „Sie sind wunderschön. Vielen Dank Vater. Legst Du mir die Kette bitte um? Ich werde sie ab jetzt immer tragen, dann bist Du mir immer nah." Don Pedro legte ihr die Kette um den Hals, dabei hatte er Tränen der Rührung in den Augenwinkeln.

Ihr Vater und sein Leibwächter blieben noch einige Wochen, denn es musste eine Hochzeit geplant werden. Außerdem wollte Pedro das Glück seine Tochter in der Nähe zu haben noch etwas genießen. Währenddessen plante Aurelia mit Maria zusammen ihre Hochzeit. Ein neues schneeweißes Kleid war in Auftrag gegeben worden. Das enganliegende Oberteil hatte einen herzförmigen Ausschnitt und war mit zarter Spitze besetzt. Nach der schmal gehaltenen Taille bauschte sich ein weiter Glockenrock, der über und über mit kleinen roten Röschen bestickt war. Auch der Empfang war bis ins kleinste Detail geplant. Sie wollte dieses Mal nicht in der großen und prunkvollen Kirche in Birnau heiraten, sondern hatte sich ein kleines Kirchlein, eher schon eine kleine Kapelle, im Nachbarort ausgesucht.

An ihrem Hochzeitstag, Anfang Februar, strahlte die Sonne, doch sie hatte noch nicht so viel Kraft und es war noch recht kühl. Aurelia nahm die Hand Georgs der ihr in die kleine, zweispännige Kutsche half. Selbst auf große Blumengebinde hatte sie dieses Mal verzichtet. Nur die Pferde trugen einige Strohblumen an ihrem Kutschgeschirr.

Gemütlich fuhren sie zusammen in den kleinen Nachbarort, den Hügel hinauf zu der unscheinbaren kleinen Kapelle. Ihr Vater und Tarek waren bereits vorausgefahren. Während Tarek bereits am Altar auf sie wartete, begrüßte Pedro seine Tochter und hakte sie unter. Dieses Mal schritt Aurelia am Arm ihres Vaters den kurzen Gang zum Altar hinunter. Tarek wartete schon sehnsüchtig auf seine Geliebte, die nun seine Frau werden würde. Er war unendlich glücklich darüber diese Schönheit erobert zu haben und nun hier mit ihr leben und arbeiten zu dürfen. Er würde ihr und seinen Kindern seine ganze Liebe schenken und sie niemals verlassen. Jedenfalls niemals aus freien Stücken.

Pedro übergab die Braut an Tarek und sie tauschten feierlich ihr Ehegelübde aus. Dann durfte Tarek ihr den Ring an ihren Finger stecken und sie ihm seinen. Als der Priester sagte, dass er jetzt seine Frau küssen dürfe, hob Tarek Aurelias Schleier an und küsste sie innig. Einigen der dort sitzenden Gäste liefen die Tränen über die Wangen vor lauter Rührung und Freude. Auch Georg stieg das Wasser in die Augen und er wischte es verstohlen weg. Er war froh, dass Raoul aus dem Leben seiner Enkelin verschwunden war. Diesen Mann hatte er nie gemocht. Im Grund hatte Don Pedro seinen Fehler nun auf seine Art

wieder gut gemacht. Und er konnte die Vergangenheit endlich ruhen lassen, weil er sah, dass seine Enkelin glücklich war.

Nach der schlichten, aber wunderschönen Zeremonie fuhren sie zum Gutshaus zurück und feierten im kleinen Kreis ihr Glück. Tarek und Aurelia strahlten sich innig und voller Liebe an. Bald würden sie zu dritt sein und ein neuer Lebensabschnitt würde beginnen.

Liebe Leserinnen und Leser,

ich hoffe, dass Ihnen der erste Band der Aurelia – Serie gefallen hat und freue mich jederzeit über Lob, aber auch konstruktive Kritik und/oder-Feedback.

Ich möchte darauf hinweisen, dass die im Roman vorkommenden Personen frei erfunden sind. Sie dienen lediglich dem Zweck, Sie meine lieben Leserinnen und Leser, zu unterhalten.

Bleiben Sie gesund.

Ihre Rita de Monte

Paperback

228 Seiten

ISBN-13: 9783756840441

Verlag: Books on Demand

Erscheinungsdatum: 06.10.2022

Sprache: Deutsch

Farbe: Ja

Paperback

304 Seiten

ISBN-13: 9783756294565

Verlag: Books on Demand

Erscheinungsdatum: 08.08.2022

Sprache: Deutsch

Farbe: Ja